# テメレア戦記3

## 黒雲の彼方へ

ナオミ・ノヴィク　那波かおり＝訳

上

母に

たくさんのすばらしいお伽ばなしを聞かせてくれたことに、
ささやかなお返しとして

テメレア戦記3　黒雲の彼方へ　上　目次

# 主な登場人物と竜

## テメレア

中国産の稀少なセレスチャル種の大型ドラゴン。中国皇帝からナポレオンに贈られた卵を英国艦が奪取し、洋上で卵から孵《かえ》った。厳しい訓練をへて、英国航空隊ドラゴン戦隊所属となる。ローレンスと結んだ〝終生の契《ちぎ》り〟はなにがあっても揺るがない。読書好きで、好奇心と食欲が旺盛、戦闘力も抜群。その咆吼《ほうこう》、〝神の風〟はすさまじい破壊力を持つ。中国名はロン・ティエン・シエン（龍天翔）。

## ウィリアム（ウィル）・ローレンス

テメレアを担うキャプテン。英国海軍の軍人としてナポレオン戦争を戦ってきたが、艦長を務めるリライアント号がフランス艦を拿捕《だほ》したことから運命が一転する。テメレアの担い手となり国家への忠誠心から航空隊に転属するが、いつしかテメレアがかけがえのない存在に。規律を重んじる生真面目な性格で、テメレアの自由奔放さをはらはらしながら見守っている。

## テメレアと旅する人々

サルカイ……砂漠に詳しい現地案内人
ジョン・グランビー……テメレアの副キャプテン。叩きあげの航空隊育ち
フェリス……ジョン・グランビーの補佐役。空尉
リグズ……テメレア・チームの射撃手の長。空尉
ダン……テメレア・チームの射撃手
ハックリー……テメレア・チームの射撃手
ディグビー……テメレア・チームの若きしっかり者、士官見習い
エミリー・ローランド……テメレア・チームの見習い生、ジェーン・ローランド空佐の娘
ダイアー……テメレア・チームの見習い生
ケインズ……テメレアを担当する竜医
ゴン・スー……中華料理の腕をふるうテメレア・チームのコック
フェローズ……テメレア・チームの武具師、ハーネス匠
プラット……テメレア・チームの武具師
ブライズ……テメレア・チームの武具師

## その他の人々

トム・ライリー……アリージャンス号艦長。元ローレンスの腹心の部下
ハサン・ムスタファ・パシャ……オスマン帝国の宰相
アブラーム・メイデン……イスタンブール在住の銀行家
ヤーマス……イスタンブールで行方不明になった元英国大使秘書
ルイ・フェルディナント親王……プロイセン王国軍の前衛部隊司令官
ホーエンローエ……プロイセン王国の侯爵。プロイセン王国軍将軍
デュエルン……プロイセン空軍のキャプテン。エロイカの担い手
バーデンハウル……プロイセン軍の空尉。ローレンスの案内係
カルクロイト……要塞都市ダンツィヒを守るプロイセン軍の将軍

## その他のドラゴンたち

リエン……純白の体に緋色《ひいろ》の眼を持つセレスチャル種。最愛の守り人、亡きヨンシン皇子のために復讐に燃える

アルカディ……………パミール高原に棲みつく野生ドラゴンの長《おさ》

エロイカ……………プロイセン空軍所属の重戦闘竜

# プロローグ

夜の庭園を眺めるローレンスには、故国へ戻れることがいまだ信じがたかった。木《こ》立《だち》を透かし、赤と金の吊り灯籠《どうろう》が無数に見える。灯籠は、建物の反り返った屋根の角ごとに灯されている。背後から聞こえる宴席のさんざめき、異国語の響き。弦が二本きりの楽器が奏でるかぼそい旋律が、人々の会話のなかに糸のように織りこまれていく。しかしそのうち、会話も音楽の調べにしか聞こえなくなった。この国の言葉には疎《うと》いままなので、大勢の声が交じり合うと、たちまちなにを言っているのかわからなくなった。誰に話しかけられても、にっこりと笑い、淡い緑色の茶の入った茶碗を口に運んで返答をごまかした。逃げ出すきっかけを見つけると、すぐにテラスの隅に移動した。物陰に隠れ、飲みかけの茶碗を窓台に置く。茶とは名ばかりの、香りつきの白湯《さゆ》だ。ああ、ミルクをたっぷりと入れた濃い紅茶か、せめてコーヒーが飲みたい。コーヒーさえもう二か月も味わっていなかった。

この〝月見の亭舎《ていしゃ》〟は、山腹から張り出した岩棚の上にあり、そこから見おろす皇帝所有の広大な庭園の眺めが、ローレンスをどっちつかずの落ちつかない気分にさせた。ふつうのバルコニーほど地面に近くもなければ、空を翔《か》けるテメレアの背ほど高くもない。テメレアの背から眺めれば、木々はマッチ棒に、壮大な亭舎はおもちゃの家に見えるのだろうが……。

ローレンスは軒下から離れて欄干《らんかん》まで歩いた。雨が通り過ぎたあとの大気が清々しく、湿気はまったく気にならない。顔にまとわりつく霧は、海軍育ちの身にはむしろ心地よく、ここにあるなによりも親しみを覚えさせた。最後まで残っていた厚い雷雲《らいうん》が風に吹き払われ、古い石敷きの小径《こみち》に、もやがたゆたっている。小径に敷かれたなめらかな灰色の玉石が、十三夜月の光に艶《つや》めき、そよ風が熟《う》れた杏《あんず》の香りを運ぶ。熟れて木から玉石の上に落ち、潰れた実がいくつもあるのだろう。

地面に覆いかぶさるような古木のあいだに、新たな明かりが見えた。その白い薄明かりはちらちらとまたたきながら、池のほうに一定の速度で近づいてきた。くぐもった足音も聞こえるようになり、正体不明の短い行列が木立のなかからあらわれた。わずか数人の男たちに担《かつ》がれた簡素な輿《こし》。輿の上には、覆いをかけられた人間の遺体とおぼしきものがあった。男たちは、輿の重みに頭《こうべ》を垂れている。輿の後ろに従うシャベルを担《かつ》いだふたりの若者が、背後の空に不安げな視線を走らせた。

ローレンスは、もしやという思いで、目を凝《こ》らした。はたしてあたりの木々の梢《こずえ》がざわざわと揺れはじめ、リエンが空から舞いおりてきた。純白のドラゴンは葬列の後方にある広い空き地に着地し、翼をぴったりとおさめて、みごとな冠翼《かんよく》の生えた頭を深々と垂れた。細い枝がたわんだり折れたりしながらリエンに場所を譲り、柳の長い枝がその両肩にまとわりついた。いまは白い体表に貼りつく柳の葉のほかに、リエンを飾るものはない。黄金やルビーなどの贅沢品は没収されたにちがいなく、色素を持たない、透けるような体色を引き立たせる宝石を奪われたリエンは、蒼《あお》ざめて、いたいけに見えた。薄闇のなかでは、白い竜の緋色《ひいろ》の眼も黒々として、ぽっかりとあいた穴のようだ。

男たちが担いでいた輿をおろし、柳の巨木の根元に穴を掘りはじめた。やわらかい土を宙に投げては、大きなため息をつく。作業が進むにつれて、男たちの蒼白い顔が汗にまみれ、黒い筋《すじ》が増えていく。リエンは空き地のへりをゆっくりとめぐり、時折り身をかがめてじゃまな若木を引き抜き、ひとつの山にまとめた。リエンのほかには、濃紺の長衣に身を包んだ男だけが、この埋葬に立ち会うために来ているようだ。ローレンスはその人物の姿や歩き方にどこか見覚えがあった。が、いまは顔が見えない。長衣の男は墓穴のかたわらに立ち、作業を無言で見守っていた。この葬儀には、ローレンスが北京《ペキン》市街で以前見かけたような花輪も長い葬列もない。あの北京の葬列では、遺族が喪服の胸を掻きむしって嘆き、剃髪《ていはつ》の僧侶たちが持った香炉から煙《けむり》が雲のように漂っていた。けれどもこの奇異な夜の儀式は、木立に半ば隠れた黄金の屋根を頂《いただ》く皇帝所有の亭舎がなければ、作業を見おろす巨大な白い幽霊《ゆうれい》のようなリエンがいなければ、ただの貧者の埋葬に見えたことだろう。

男たちは遺体を穴におろす前に覆いを取らなかった。ヨンシン皇子《おうじ》の死から一週間以上が過ぎた。帝位を奪おうと、弟にあたるミエンニン皇太子《こうたいし》の暗殺を企《くわだ》てた重罪人とはいえ、仮にも皇子の地位にあった人物の埋葬にしては、あまりにも侘《わび》しい。正式な埋葬許可がおりるまで時間がかかったのだろうか。この埋葬すらも極秘なのだろうか。覆いのかかった遺体が視界から消え、ドサッと鈍い音がした。リエンが声を洩《も》らした。その小さな苦悶の声がローレンスの首筋を悪寒となって駆け抜け、木々のざわめきのなかに消えた。ローレンスは突然、ここにいてはいけないような気がした。が、灯籠の明かりに背後から照らされた自分の姿は、リエンたちからは見えないはずだ。それにいま足音をたてるようなことをすれば、かえって埋葬をじゃますることになる。

男たちが墓穴を埋めはじめていた。シャベルを大きく振るって、積みあげた土を手際よく戻していく。ほどなく地面が平らにならされた。墓のしるしはなにもなく、ただ剝《む》き出しの地面と、低く枝を垂れる柳の木があるばかり。その長く垂れた枝だけが、ここの墓守《はかもり》となるのだろう。若者たちが木立に分け入り、地面に堆積《たいせき》した朽葉《くちば》をかかえて戻ってくると、墓の上に撒き散らし、埋葬の痕跡を完璧に隠した。その作業を終えると、彼らは所在なげに後ずさった。儀式を執り行う僧侶がいないので、なにをすればよいかもわからないようすだ。リエンは彼らに指図するでもなく、身を低くして、自分の世界に閉じこもっている。結局、純白のドラゴンと距離を置くように、男たちは空の輿やシャベルとともに木立のなかにゆっくりと消え去った。

濃紺の長衣をまとった男だけが墓のそばに歩み寄り、胸の前で十字を切った。男が体の向きを変え、月光が顔を照らしだす。ローレンスにはやっと男の正体がわかった。フランス大使、ド・ギーニュ。まさか、フランス大使が反逆の皇子の埋葬に立ち会っていようとは……。西洋の影響に対するヨンシン皇子の激しい嫌悪は、どの国にも等しく向けられていたはずだ。フランス、英国、ポルトガル、そのあいだになんの区別もなかったはずだ。ド・ギーニュが、ヨンシン皇子の存命中に信頼を得ていたとは思えない。また、リエンがフランス大使の立ち会いを許しているのも不可解だった。

しかし、そこにいるのは面長で貴族的な、いかにもフランス人らしい風貌をしたド・ギーニュに間違いない。ただ、彼がそこにいる理由がわからない。ド・ギーニュはしばらく墓のそばにとどまり、リエンに話しかけた。ローレンスのいる場所からは聞きとれなかったが、身振りからすると質問をしているようだ。リエンはうずくまったままなにも答えず、隠された墓に視線をひたと据《す》えていた。その光景を永遠に目に焼きつけようとしているかのように。ややあって、ド・ギーニュが優雅に一礼し、リエンのもとから立ち去った。

リエンは墓のそばで微動だにしなかった。ちぎれ雲や木立の長い影が、白い竜の体に縞模様《しまもよう》を描いた。ローレンスは、ヨンシン皇子の死を悼《いた》む気にはなれなかったが、憐《あわ》れみの気持ちは湧いた。ヨンシン皇子以外の誰かが〝守り人《もびと》〟となってリエンを受け継ぐとは思えない。欄干にもたれて、リエンを長いあいだ見つめているうちに、月が傾き、竜の姿が闇に沈んだ。テラスからは見えない、建物の角の向こうで笑い声と拍手がどっと起こった。楽師の演奏が終わったのだろう。

# 第一部

# 1　新たな指令

　マカオに吹く熱い風には、さわやかさなどみじんもなく、港に打ち寄せられる魚の死骸《しがい》や赤黒い藻《も》の放つ塩気混じりの腐臭と、人や竜の排泄物《はいせつぶつ》の悪臭を、ただかき混ぜるばかりだ。それでもアリージャンス号の水兵たちは、わずかな空気の流れを求めて、艦《ふね》の手すり沿いに、隙間《すきま》なく並んですわっていた。時折り陣地争いが起きて互いをだるそうに押し合うが、こうしたいさかいも、猛暑のなかではあっという間に終わる。

　テメレアはドラゴン甲板《かんぱん》に憂鬱《ゆううつ》そうに寝そべり、白くかすんだ外洋を見つめていた。その大きな影のなかで、飛行士たちがまどろんでいる。ローレンスは、品格を重んじる精神もろとも、上着を脱ぎ捨てた。テメレアの前足に囲まれていれば、人から見られる心配もない。

「ぼくなら、この艦を港の外まで曳《ひ》いていけるのになあ」テメレアが、この一週間で何度となく口にしたせりふをくり返し、いつもと同じように却下され、ため息をついた。風さえなければ、テメレアにも巨大なドラゴン輸送艦を曳航《えいこう》できたかもしれないが、まともに向かい風をくらう状態では、目的を果たせずに疲弊《ひへい》するのが落ちだろう。

「風がなかったとしても、たいした距離は曳航できないな」ローレンスは竜をなだめようとして付け加えた。「外洋なら数マイルでも先に進みたいところだが、いまは港にいる。だから、もっと気楽にいこう。たとえアリージャンス号を港から出すことができても、ろくに進めやしないさ」

「いつもいつも風を待たなくちゃならないなんて、面倒なことだね。風向きを除けば、艦だって、ぼくたちだって、準備万端《ばんたん》なのに。さっさと帰りたいよ。やらなきゃならないことが山ほどあるんだから」テメレアが最後を強調するように、しっぽを甲板にバンッと打ちつけた。

「頼むから、落ちついてくれ」ローレンスは、あきらめ交じりに言った。テメレアに自制を求めても、これまでのところ成果はなかったし、今後も期待できそうにない。

「多少の遅れには耐えなければいけないよ。ここでもそうだし、国に帰ってからも」

「ふふん。それじゃ、辛抱《しんぼう》強くなるよ」テメレアが言った。そう言われると、一瞬、テメレアの約束を信じたくなるのだが、そんな淡い期待はたちどころに裏切られた。

「でもね、ローレンス。早いとこ、海軍省にぼくたちドラゴンの扱いを改善してほしいよ。ドラゴンクルーが給料をもらうのなら、ドラゴンだって給料をもらう。それが公正ってものだからね」

ローレンスは十二歳で海に出たときから、運命のいたずらによって艦長からドラゴンのキャプテンに転身するまで、海軍と航空隊を統括する英国海軍省委員会の紳士たちと親交を結んできた。それだけに、海軍省のお歴々《れきれき》が〝公正〟を重んじる精神に欠けることも承知している。海軍省は、むしろそこに所属する者から、人間らしい良識や本来の資質を奪い取る組織だ。上層部にいる、したたかでしみったれの政治屋たちをまともな人間だと思ってはいけない。中国でドラゴンが厚遇《こうぐう》されるのを目《ま》の当たりにして、西洋におけるドラゴンの扱いのひどさに初めて気づいたローレンスだったが、この見識を海軍省幹部と分かち合えるとは思えなかった。少なくとも国家予算がからむ以上は、楽観的な見通しなどいだけるはずもない。

ともかく国に戻ってイギリス海峡の護《まも》りという本来の職務に戻れば、テメレアもいまの高邁《こうまい》な理想を、ほどほどの目標に切り替えてくれるかもしれない。ローレンスはひそかにそう期待した。テメレアのまっとうで高い志《こころざし》を否定したくはない。だが結局のところ、英国は戦時下にあり、そんな状況で待遇改善を国家に求めるのは反逆行為にも等しい。テメレアはともかく、ローレンスにはそれがわかっていた。

しかし、一度はテメレアを支援すると約束した以上、引っこめるわけにもいかなかった。中国にとどまれば、天の使い種《セレスチャル》のドラゴンとして、有り余る贅沢と自由を享受《きょうじゅ》できたはずのテメレアが、英国に戻ろうと決めた。そこには、ローレンスへの思いやりと、戦友であるドラゴンたちの待遇を改善したいという考えがあった。ローレンスにはテメレアの気持ちがわかるだけに、今後に不安をかかえつつも、正面切って反論できずにいる。だがそうやって口を閉ざしていることも、テメレアに対して不誠実ではないかと思いはじめている。

「あなたの言うとおり、まずは給料のことから手をつけるべきだよね。あなたってなんて頭がいいんだろう」とテメレアが話しつづけ、ローレンスはますます疚《やま》しい気持ちになった。給与の問題からはじめてはどうかと勧めたのは、テメレアが出してきたほかの多くの提案――ロンドンの街を大がかりに壊してドラゴンが通れる街路を設けるとか、ドラゴン議員を国会に送りこむとか――よりは、まだしも穏当《おんとう》に思えたからだ。ドラゴンが国会議員になるなんて、彼らが国会議事堂に巨体をねじこめるかどうか以前に、人間の国会議員全員を恐怖に陥《おとしい》れるだろう。「給料をもらえたら、いろんなことが簡単になる。ぼくらはいつだって、人間が大好きなお金を渡して、あれこれやってもらうことができるからね。あなたがぼくのために雇ってくれた、あのコックたちみたいに。なんだかすごくいい匂いがするね」最後に付け加えたひと言は、けっして気のせいではなかった。肉を炙《あぶ》る香ばしい匂いがだんだん強くなり、港の悪臭を上回るまでになっていた。

ローレンスは眉《まゆ》をひそめて下を見た。ドラゴン甲板のすぐ下は厨房《ちゅうぼう》で、甲板の厚板の隙間から煙《けむり》が細く立ちのぼってくる。「ダイアー」ローレンスは見習い生のひとりを呼んだ。「下でなにをやっているのか、見てきてくれ」

中華料理の味を覚えてしまったテメレアがもはや艦の主計係が提供する生肉だけでは満足できないだろうと予測して、ローレンスは、それなりの賃金をくれるなら故国を離れてもいいという中国人の料理人をふたり見つけてきた。そのふたりは英語をまったく話せなかったが、自己主張の強さだけは誰にも負けていなかった。これにはアリージャンス号の料理人と助手たちも心おだやかではなく、厨房のコンロの使用をめぐって、艦のコックと中国人コックとの意地の張り合いがはじまり、一触即発《いっしょくそくはつ》の状態がつづいていた。

ダイアーが階段を駆けおり、厨房のドアをあけた。とたんに、大量の煙が渦《うず》を巻いて噴き出し、檣楼《しょうろう》の見張りが「火事だ!」と叫んだ。当直士官があわてて鐘《かね》を打ち鳴らし、すさまじい音が響き渡った。ローレンスは「持ち場につけ!」と大声を張りあげ、部下のクルーを消火活動に送り出した。

艦に漂っていた倦怠感《けんたいかん》は一瞬にして吹き飛び、水兵らがバケツや桶《おけ》を取りに走った。ふたりの水兵が果敢《かかん》に厨房へ飛びこみ、ぐったりした者たちをつぎつぎに助け出してきた。アリージャンス号のコック助手たち、ふたりの中国人コック、給仕の少年がひとり……だが、艦のコック長の姿が見えなかった。すでに消火バケツの供給に流れができ、掌帆長《しょうはんちょう》が前檣《フォアマスト》に自分の杖《つえ》を打ちつけて拍子をとり、バケツリレーに号令をかけている。厨房のドアから内部に向かって、水がつぎつぎにぶちまけられた。しかし煙はおさまらず、甲板の隙間という隙間からもうもうと噴き出してくる。ドラゴン甲板の鉄製の繋《つな》ぎ柱が、触れると火傷《やけど》しそうなほど熱くなっていた。繋ぎ柱のうち二本にくくりつけられたロープから煙があがりはじめている。

ドラゴン・クルーのひとり、まだ若いディグビーが機転をきかせ、仲間の士官見習いたちを集めて、少年たちで一致団結し、繋ぎ柱の太いロープをほどきはじめた。鉄の柱に指がかすっても、苦痛のうめきを必死にこらえている。残りの飛行士たちは手すりに沿って並び、ロープに繋いだバケツを海に投げこんでは海水を汲みあげた。ドラゴン甲板に海水を浴びせると、白い蒸気が立ちのぼり、熱で反り返った厚板の上に、灰色の塩の膜ができた。甲板が老人の群衆のようにうめいていた。厚板の継ぎ目に塗られたタールが溶けて、黒く長い線を引きながら流れていく。熱で焦《こ》げたタールが煙をあげ、甘ったるいツンと鼻を突く臭気を放った。テメレアはすでに腰をあげ、四本の足で立っていた。真昼の直射日光で焼けた敷石の上で心地よさそうに寝そべっていたこともあるのに、いまは少しでも熱を避けようと、ちまちまとした移動を繰り返している。

ライリー艦長も、汗みずくでバケツリレーをする水兵たちを叱咤激励《しったげきれい》していた。しかし、その声にかすかにあきらめが交じっている。炎の勢いは激しく、炎暑のなかに長く停泊していたせいで艦が乾ききっていた。しかも巨大な船倉には、干しわらでくるんで木箱に収めた壊れやすい陶磁器、生糸《きいと》、修理用の帆布など、故国に持ち帰る物資が満載されていた。四層下の甲板まで火の手が回れば、積み荷は炎上するし、弾薬庫に火が移れば、アリージャンス号は木っ端微塵《こっぱみじん》になるだろう。

下で眠っていた朝直の者たちが、下層甲板から懸命にあがってこようとしていた。煙に追いたてられて大きく口をあけ、パニックに陥ってバケツリレーの列を乱している。アリージャンス号がいくら巨艦だとはいえ、ドラゴン甲板を失ってしまっては、艦首楼《かんしゅろう》と艦尾甲板だけに乗組員全員を乗せることは不可能だ。だが、いまやドラゴン甲板に火の手が迫っている。ローレンスは支索《しさく》の一本をつかんで、艦首楼に臨《のぞ》むドラゴン甲板の手すりにのぼり、大混乱に陥った集団のなかに部下のクルーをさがした。クルーの大半がすでにドラゴン甲板に出ていたが、一部の者の行方《ゆくえ》がわからなかった。北京で賊《ぞく》と戦って負傷し、まだ脚に添え木を当てているセローズ。自分の部屋で読書していたはずの竜医ケインズ。そして、見習い生エミリー・ローランドの姿もない。エミリーはやっと十一歳、消火作業にやっきになる男たちを掻き分けて上にあがってくるのは容易ではないだろう。

厨房の煙突から突然、甲高《かんだか》い笛のような音が響き、金属製の煙突帽がゆっくりと、盛りを過ぎた花のように甲板に向かって傾きはじめた。テメレアが首をめいっぱい後ろへ引き、冠翼を寝かして、不快そうにシューッとうなりをあげた。巨大な下半身が飛び立つために力をためており、片方の前足が艦の手すりにかかっている。「ローレンス、あなたはここにいても、だいじょうぶ?」テメレアが心配そうに言った。

「ああ、まったく問題ない。すぐに飛び立ってくれ」ローレンスはそう答えながらも、手を振ってクルーたちを艦首楼にさがらせた。ドラゴン甲板の張り板が壊れはじめており、テメレアに身の危険が迫っていた。「むしろ炎が甲板を突き破ったほうが、対処しやすいかもしれない」そう付け加えたのは、自分の言葉を聞いている者たちを励ますためだ。本音を言うなら、ドラゴン甲板に火が回ったら、激しい炎を抑えつけるのはまず無理だろう。

「わかった。それなら、ぼくも手伝う」テメレアがそう言って飛び立った。

艦よりも自分たちの命のほうが大事とばかりに、数人の水兵が、火災と闘う士官たちを尻目に、艦載ボートを艦尾からおろして逃げだそうとしていた。そこへ突然テメレアが艦を回りこむように降下してきたものだから、水夫たちは驚いて海に飛びこんだ。テメレアは水兵たちにはかまわず、ボートをかぎ爪でつかみ、玉杓子《たまじゃくし》のように海に突っこんで、海水をすくいあげた。しぶきを散らし、オールをこぼしながらも、慎重にバランスを保ってそれを艦首のほうに運び、海水をドラゴン甲板に浴びせかける。

大量の水が甲板で音をたてて沸騰《ふっとう》し、蒸気をあげながら広がり、小さな滝となって階段から流れ落ちた。

「斧《おの》を使え！」ローレンスは切羽《せっぱ》詰まって命令した。激しい熱気のなか、みなで汗みずくになって、甲板の厚板を斧で叩き割った。水蒸気が立ちのぼり、甲板は濡れてタールまみれになり、斧の刃先が滑《すべ》った。壊した場所からすぐに煙が噴きあがる。テメレアが大量の海水を注ぐたび、みなが足をとられないように踏ん張った。それでも一定間隔で流される海水のおかげで煙が引いて、なんとか斧をふるいつづけることができた。

あまりに過酷な作業に、何人かが甲板に倒れて動かなくなった。いまは一分一秒でも惜しく、倒れた者を艦尾甲板に運んでいく余裕はない。ローレンスの隣には、武具師のプラットがいた。ふぞろいな間隔でそれぞれが斧を振りおろすたび、すすまみれの顔に汗が細い筋になり、シャツを汚していく。突然、大きな音とともに、ドラゴン甲板にぽっかりと大穴があいた。そこから炎が生け贄《にえ》を求めて咆吼《ほうこう》をあげた。

ローレンスは一瞬、穴のふちでよろめき、副キャプテンのグランビーに引き戻され、なんとか落ちるのをまぬがれた。よろよろと後ずさるものの、ほとんど目が見えず、グランビーの腕に倒れこみそうになった。浅くなった呼吸がもとに戻らず、両目が焼けるように痛い。艦首楼におりる階段の途中までグランビーに引きずられたところで、ふたたび注がれた海水に階段下まで押し流され、艦首楼に据えられた四十二ポンドカロネード砲のひとつになんとか引っかかった。ローレンスは体を起こし、舷側《げんそく》の手すりに寄りかかり、海に向かって嘔吐《おうと》した。口のなかの苦みは、髪や衣服に染みついた強烈な刺激臭に比べればまだましだった。

ドラゴン甲板から人がつぎつぎに避難してきた。甲板が崩落した結果、大量の海水を直接炎にかけられるようになった。テメレアの水かけ作業に一定のリズムが生まれ、煙の勢いが衰えはじめていた。すすの混じった真っ黒な水が厨房のドアからあふれ、艦尾甲板まで流れていく。ローレンスは悪寒が止まらず、深呼吸をしても、肺が空気で満たされる感じがしなかった。

ライリー艦長がしゃがれ声で命令を飛ばしていた。メガホンを使っても、煙が噴き出す音にじゃまされ、かろうじて聞きとれる程度だ。完全に声を嗄《か》らした掌帆長は、両手で水兵たちを押して、昇降口のほうに向かわせようとした。ほどなく、下甲板で力尽きて倒れていた者たちを運びあげる作業がはじまった。ローレンスは、助け出さ

れた者たちのなかにセローズを見つけて安堵《あんど》した。テメレアが最後までくすぶってい
た火に、海水を注ぎかけた。操舵手《そうだしゅ》のバッソンが、主檣《メインマスト》に近い昇降口から頭を突き出
し、息を切らして叫んだ。「艦長、もう、煙は、流れてきません。下甲板も、暖かい
程度です。鎮火したようです」

全員が声を嗄らしていたものの、喜びの歓声をあげた。ローレンスは、咳《せ》きこむた
びにすす混じりの痰は出るものの、どうにか呼吸を取り戻し、グランビーの手を借り
て立ちあがった。大砲の発射後のような煙が甲板を厚く覆っていた。階段をあがると、
ドラゴン甲板のあった場所に、すすだらけの炉《ろ》のような大穴が口をあけ、焼け残った
板が焦げた紙のようにもろくなっていた。艦の料理人の哀れな遺体が、ねじ曲がった
消し炭のように転がっていた。頭部は黒焦げで、木製の義足が灰と化し、膝《ひざ》に燃え残
りが侘しくくっついている。

ボートを海におろしたテメレアが、しばらく空中停止《ホバリング》してから、艦の横に着水した。
アリージャンス号には、テメレアがおりられる場所がもうどこにも残っていなかった。
テメレアが泳いで艦に近づき、かぎ爪で船の手すりを握り、心配そうに舷側から巨大
な頭を持ちあげる。「無事なの、ローレンス？　クルーはみんなだいじょうぶ？」

「ああ、全員の無事を確認した」グランビーが返し、ローレンスに向かってうなずいた。砂色の髪に灰色のすすを散らしたエミリー・ローランドが、ローレンスのために飲料水の大樽《おおだる》から水差しに水を汲んできた。水は淀《よど》んだ港の汚臭がしたが、どんな美酒よりも喉《のど》に滲《し》みわたった。

ライリー艦長が階段をのぼってきて、ローレンスたちに近づいた。「なんたるざまだ」と、惨状を見わたしながら言う。「まあ少なくとも艦を救うことはできたのだから、天に感謝しましょう。でも、こんな状態で出航までどれだけ時間がかかるか、考えたくもありませんよ」ライリーはローレンスから喜んで水差しを受け取り、ごくごくと飲んでから、グランビーに回した。「たいへんお気の毒なことですが、みなさんの旅荷の大半が水浸しになってしまったようです」と、口もとをぬぐいながら付け加えた。飛行士たちの船室は、ドラゴン甲板のあった艦首側の厨房の一層下にあった。

「まいった」ローレンスはうつろな声で言った。「わたしの替えの上着がどうなったかは、神のみぞ知るだな」

「四です――。四日、かかります」仕立屋がおぼつかない英語で言い、誤解がないように指を四本立てた。ローレンスはため息をついて、「ああ、よかろう」と答えた。時間ならいくらでもあることが、せめてもの救いだ。アリージャンス号の修理には二か月かそれ以上かかる見通しで、そのあいだは陸で待っているしかなかった。「これは、元どおりにできるだろうか?」

ローレンスは、型紙がわりに持ちこんだ軍服の上衣に、仕立て屋といっしょに視線を落とした。それはもはや航空隊の軍服の色として定められた暗緑色ではなく、ほとんど黒に変わっていた。ボタンには妙な白いかすがこびりつき、煙と海水の臭いが染みついている。仕立屋は返事を控えたが、その表情が無理だと語っていた。そのまま店の奥に消え、別の服を持ってきて「これ、いかが?」と差し出した。中国軍兵士が着ているようなキルトの胴着で、丈は長く、短い立ち襟《えり》が付いている。

「ううむ——」ローレンスはなんとも言えない気持ちで、それを眺めた。素材は絹で、色は鮮やかな緑。中国皇帝に謁見《えっけん》する際に着せられた正装用の長衣ほど派手ではないが、赤と金のみごとな刺繍《ししゅう》はかなり目立つ。

とはいえ、今夜はグランビーとともに、東インド会社幹部の主催する晩餐会《ばんさんかい》に招かれており、上着なしではすまされなかった。この店まで着てきたマントで通すわけにもいかない。結局、その胴着を買っておいて正解だった。アリージャンス号の火災のあと急遽《きゅうきょ》マカオの街に借りた宿舎に戻ると、ダイアーとエミリーから、どんなにさがしても、この街では適当な上着が見つからなかった、という報告を受けた。航空隊もどきの服が売られていないのは当然で、上品な英国紳士なら、わざわざ好んで航空隊飛行士の恰好《かっこう》をまねるようなことはしない。西洋の影響が色濃いマカオのような土地では、飛行士の制服に使われる暗緑色のブロード生地さえ人気がないらしい。

「新しい流行を生み出せるんじゃないですか？」胴着姿のローレンスを見たグランビーが、からかいとも慰《なぐさ》めともつかない言葉を口にした。ひょろりとした体型のグランビーは、哀れな空尉候補生から上衣を取りあげて着ていた。その空尉候補生はローレンスたちよりさらに下層を寝室としていたので、替えの衣類が水浸しにならずにすんだのだ。手足の長いグランビーにその上衣の袖《そで》は短すぎたし、日焼けで赤らんだ顔が二十六歳という実年齢よりも若く見せていた。しかし、彼のいでたちに怪しいところはない。ローレンスは、グランビーより肩幅がかなり広いため、彼にならって若い士官から上衣を取りあげることもできなかった。ライリー艦長が快《こころよ》く自分の上衣を貸そうと言ってくれたが、海軍の青い軍服で出席するのもためらわれた。まるで飛行士であることを恥じて、海軍の艦長になりすましているようではないか。

ローレンスとドラゴン・クルーは、海に臨む広い屋敷を宿舎として借りた。そこはマカオ在住のオランダ商人の住まいだったが、商人は喜んで屋敷を明け渡し、家の者全員を引き連れて、浜辺から遠い集合住宅に移っていった。家の隣にドラゴンが寝そべっていない環境を求めたようだ。ドラゴン甲板が崩壊したせいで、テメレアはしかたなく浜辺で寝ることになり、近隣に住む人々をうろたえさせていた。だがテメレアのほうも、浜辺の小さな蟹《かに》が、眠っているテメレアを大きな岩と勘違いして、体のあちこちをもぞもぞと這《は》いまわることにうんざりしていた。

ローレンスとグランビーは晩餐会に向かう前に、テメレアのもとに立ち寄った。テメレアだけは、ローレンスの新しい衣装を高く評価した。色合いが美しい、とくに金ボタンと刺繍がすばらしいと褒《ほ》めちぎり、ローレンスを鼻で押してくるりと一回転させ、「刀とよく合ってるから、凜々《りり》しく見えるよ」と、さらに褒めた。テメレアにとって、自分がローレンスに贈った刀が今回の装いでいちばん評価すべき点になるのは当然だった。ローレンスにしても、今夜の装いのなかで、そこだけは胸を張れる。シャツは幸い上着に隠れているが、どんなにごしごし洗っても汚れが落ちなかったし、半ズボンは間近では見られたものではなかった。靴下の汚れは、丈のあるヘシアン・ブーツでなんとかごまかした。

食事の時間になったテメレアを残して、ローレンスとグランビーは晩餐会に向かった。テメレアには、空尉候補生二名と、東インド会社私設軍の兵士たちが護衛として付いていた。兵士たちは、東インド会社の幹部、ジョージ・ストーントン卿《きょう》から貸し出されており、主な仕事は、テメレアを危険な敵ではなく、ドラゴン詣《もう》でをする中国人たちから守ることにあった。海岸沿いの邸宅から避難した西洋人とちがって、中国人は幼い頃からドラゴンに親しんでいるので、テメレアの姿を見ても怯《おび》えることがない。それどころか、マカオの中国人にとって、皇帝の領地からめったに出てこない稀少な天の使い《セレスチャル》種を見ることは、ましてやそれにさわることは、栄誉であり、幸運に恵まれると信じられていた。

今夜の晩餐会を企画したのも、ストーントン卿だった。アリージャンス号の火災被害を慰めるつもりだったようだが、そのせいでローレンスたちが服を工面《くめん》するのに大騒ぎしていようとは思ってもみなかったことだろう。ローレンスも、服ごときで彼の厚意をむげにしたくなかったし、実のところ、夕刻までにはましな服を見つけられるだろうと高をくっていた。だがこうなってしまった以上は、晩餐の席で服さがしの顚末《てんまつ》を語って笑いをとろうと、悲壮な覚悟を決めた。

ローレンスのいでたちを見て驚いて口がきけなかったのだとしても、とりあえずは礼儀正しい沈黙で迎えられた。しかし、ストーントン卿に挨拶《あいさつ》し、ワイングラスを受け取るや、応接室のあちこちでひそひそ話がはじまった。東インド会社の古株で、都合が悪くなると耳が遠いふりをする紳士が、かなりよく通る声で「飛行士にはいつもびっくりさせられますなあ。いったいつぎは、なにをやらかしてくれるやら」と言い、グランビーの目つきを険悪にした。音が響きやすい部屋なのか、悪意はないとしても、分別を欠く表現も聞こえてきた。

「あのなりは、どういうつもりでしょうな」最近インドからやってきたミスタ・チャタムが、そう遠くない窓際に立って、ローレンスに好奇のまなざしを注ぎながら隣の紳士に尋ねた。チャタムが小声で話しかけた恰幅《かっぷく》のよい相手、ミスタ・グローシングパイルは、時計の針と、晩餐の間《ま》にあと何分で入れるかにしか関心がないようだった。

「え？　ああ、彼には東洋の皇子を名のる資格があるんですよ。彼がお望みならばね」グローシングパイルは肩越しに無礼な視線を寄こし、肩をすくめてみせた。「まあ、われわれにもそれは好都合だ。おや、鹿肉の香りがしませんか？　わたしはもう一年も鹿を味わっておりません」

ローレンスは、窓際のふたりをじろりと見た。唖然《あぜん》とし、同時に腹が立った。みずから望んでこんな恰好をしているとでも思っているのだろうか。中国皇帝との養子縁組はあくまでも建前だった。皇帝直系の血族でなければ天の使い種《セレスチャル》の守り人《もりびと》にはなれないと主張する中国側の顔を立てるために、受け入れた方策だった。英国政府代表も、それをテメレアの所有権をめぐる英中の対立を丸くおさめる損のない方法と見なし、喜んで受け入れたはずだ。少なくとも、誇り高く専制的な父親を持つローレンス以外の者にとって、それが損のない手段だった。

ローレンスには、息子が中国皇帝と勝手に養子縁組をしたことを伝え聞いたときの父の激しい反応が想像できた。それについて考えると暗澹《あんたん》たる気持ちになったが、父の怒りを恐れて思いとどまるようなことはしなかった。テメレアとともに生きていくためなら、国家への反逆行為以外のことなら、なんであろうが喜んで受け入れた。しかし、中国の皇子という、これほど耳目《じもく》を奪う奇妙な立場を、どうしてみずから望んだり求めたりするだろう？　〝東洋の皇子〟という称号を、本来の家柄よりも価値あるものだと見なす野心家だと思われるのは心外だった。

ローレンスは心を乱されて無口になった。ふだんとちがう服装にまつわる裏話を、食卓の話題としてならともかく、言い訳として口にしたくはなかった。ごく控えめな服装についての感想にも、そっけなく返した。怒りで顔から血の気が引き、気づかないうちに険《けわ》しい、近寄りがたい、身の危険を感じさせる顔つきになっていたらしく、周囲の会話が途絶えてしまった。

いつものローレンスなら快活な表情をしていたはずだ。濃い日焼けではないが、肌は長年野外で軍務に就いてきた者らしい温かなブロンズ色で、刻まれたしわも大半が笑いじわだ。だが、いまはその片鱗《へんりん》もない。この場にいるのは、北京まで行った英国外交使節団のおかげで――命拾いとまでは言わないが――少なくとも財産を守ることができた人々だ。もし英国使節団が交渉に失敗していたら、英中の開戦は避けられず、中国との交易も絶たれていただろう。交渉の成功と引き換えにローレンスは部下に血を流させ、そのうち一名の命を失った。手放しの感謝など期待していないし、もし感謝されてもさらりと受け流していただろう。しかし、まさか嘲笑と無礼な態度で迎えられようとは想像もしていなかった。

「そろそろ晩餐の間にまいりましょうか」ストーントン卿が早めに食前の会話を切りあげ、一同がテーブルにつくと、弾まない会話を盛りあげる努力を重ねた。執事が五、六回はワインセラーに送り出され、そのたびにワインが高価なものになり、ストーントンの料理人は、限られた食材のなかから極上の料理をつくりあげた。大きな鯉《こい》をまるごと揚げた一皿では、テメレアを悩ませる憎らしい小さな蟹が煮こみ料理となって鯉の下に敷かれていた。メイン料理は丸々と肥えた鹿肉のローストで、宝石のように紅いスグリのソースが皿からこぼれんばかりに添《そ》えられていた。

このあたりになって、ようやく食卓に活気が戻ってきた。出席者たち全員を歓待したいというストーントンの心意気には感じるものがあったし、ローレンスはもともと執念深いたちではない。飲みごろになった極上のブルゴーニュ産ワインにも助けられ、気分が上向きになってきた。この期《ご》におよんでローレンスの上着や養子縁組についてなにか言う者はいなかったので、気持ちがしだいにほぐれ、うっとりするようなデザート――ナポリ・ビスケットとスポンジケーキに、ブランデーをたっぷり効かせたオレンジ風味のカスタードを重ねたトライフル――も存分に堪能することができた。が、ふいに部屋の外が騒がしくなり、女性の悲鳴のような声が響き、ろれつは怪しいが活発になっていた一同の会話がぴたりとやんだ。

座がしんと静まり、ワイングラスが宙で止まり、数人の客が椅子を引いた。ストーントン卿があわてて立ちあがり、一同に詫《わ》びた。彼がようすを見にいくより早く、扉が勢いよく開き、召使いが不安げな顔で、中国語でなにかをまくしたてながら、よろけるように晩餐の間に入ってきた。その召使いをおだやかに、しかし断固たる態度で押しのけたのは、もうひとりの東洋人の男だった。綿入れの胴着を着て、黒いウール地の折り返しのついた半球形の帽子をかぶっている。衣服はほこりにまみれ、黄色い染みがつき、マカオでふつう見かける恰好とはどこかちがっていた。そして、男の長い革手袋をはめた片腕には、鋭い顔つきの鷹《たか》がとまっていた。逆立った茶と金の羽毛、ぎらりと光る黄色い眼。鷹はくちばしをカチカチと鳴らし、落ちつきなく足の位置を替えた。大きなかぎ爪が、分厚い手袋に突き立っている。

一同が男をまじまじと見つめ、男も一同を見つめ返した。男がなまりのない上流階級のアクセントでしゃべりはじめたことが、みなをさらに驚かせた。「お食事中におじゃまして申し訳ございません。火急の用件でまいりました。キャプテン・ウィリアム・ローレンスはいらっしゃいますか」

ローレンスは、ワインの酔いと驚きとで、すぐに反応できなかった。やっと立ちあがると、テーブルを離れ、鷹から挑むような眼でにらまれながら、男の差し出す封緘《ふうかん》された油布の包みを受け取った。「お手数をおかけしました」そう言って、男の顔を改めて見やり、その痩《や》せて鋭角的な顔だちが完全に中国人のものではないと気づいた。瞳の色は黒だが、目の形はやや細長だが西洋人に近い。磨いたチーク材のような肌は、生まれつきではなく、日焼けしているようだ。

闖入者《ちんにゅう》は、礼儀正しく頭を下げた。「お役に立てて光栄です」男は笑みこそ浮かべなかったが、一同の反応をおもしろがるように瞳をきらりと光らせた。このような反応を引き起こすことに慣れているにちがいない。一同をさっと見わたし、ストーントン卿に一礼すると、騒ぎを耳にして駆けつけてきた召使いふたりの横をかすめて、来たときと同じように足早に去っていった。

「ミスタ・サルカイに、なにか飲み物を差しあげてくれ」ストーントン卿が召使いに小声で命じ、召使いがそのサルカイなる人物のあとを追った。ローレンスはそのあいだに油布に包まれていた封筒をあけにかかった。封鑞《ふうろう》が暑さでやわらかくなり、印《いん》がほとんどつぶれている。鑞《ろう》が水飴のように糸を引き、指にからみついた。封筒から出てきた一枚の便箋《びんせん》には、ドーヴァー基地にいるレントン空将の筆跡で、公式の命令書特有の、一度読めば内容がわかる、そっけない文章が記されていた。

……貴官はこれより即刻イスタンブールに向かい、セリム三世陛下よりアブラーム・メイデンを介《かい》して英国航空隊が譲り受けた竜の卵三個を受け取り、孵化《ふか》の兆候に留意しつつ厳重に梱包《こんぽう》のうえ、担《にな》い手候補の各士官まで、すみやかに送り届けること。ダンバートン基地にて貴官を待つ担当士官は……

結びの文句は、「貴官および関係各位は遺漏《いろう》なく任務を遂行し、その結果に全責任を負うものとする」と、あいかわらず容赦《ようしゃ》がなかった。ローレンスは命令書をグランビーに渡すと、ライリー艦長とストーントン卿にも回覧するように、顔の動きで合図した。彼らは秘密保持のためにストーントン邸の図書室を借り、そこにライリー艦長とストーントン卿も合流していた。

「ローレンス」グランビーが命令書を読み、他のふたりに回してから言った。「艦の修理が終わるのを待って、さらに何か月もかかる航海をしていては間に合いません。

すぐ出発しなければ」

「でも、アリージャンス号なしで、いったいどうやって?」ストーントン卿の肩越しに手紙をのぞきこんでいたライリーが、視線をあげて言った。「テメレアの体重にたとえ数時間でも耐えられる船は、この港では調達できません。テメレアは、休憩もせずに、外洋を飛んでいけないでしょうし」

「はるかノヴァスコシア〔現カナダ東部〕まで旅立とうってわけじゃありませんよ。海路しかないわけじゃない」グランビーが言った。「陸路があります」

「いや、ちょっと待った」ライリーがいらっとして返した。

「なにがいけないんですか?」グランビーが問いかける。「修理期間という問題を除いても、海路をとるのは論外です。インドを迂回《うかい》して、大幅に時間を損することになる。陸路なら、タタール地域をまっすぐに横切って行け――」

「で、あとは海に跳びこんで、はるばるイングランドまで泳いで帰ると」ライリーが言い返す。「そりゃあ遅く着くよりは、少しでも早いほうがいい。だが、たどり着けないよりは、遅く着くほうがましだ。母国に帰り着きたいなら、結局はアリージャンス号のほうが早い」

ローレンスは、ふたりの会話をうわの空で聞き流し、改めて細部まで注意しながら命令書を読んだ。その内容から現実的な緊急度を推し量《はか》るのはむずかしかった。ドラゴンの卵が孵化までに要する期間は長い。ただ、それがいつかは誰にも予測できないことなので、卵をいつまでも放っておくわけにもいかない。「トム、ここはよく考えよう」ローレンスはライリーに言った。「もし天候に恵まれないと、バスラまでの航海にゆうに五か月はかかる。そのあとバスラからイスタンブールまでは、飛んでいくしかない」

「そのあげく、三つの卵じゃなくて、役立たずの仔《こ》ドラゴン三頭とご対面することになりそうですね」とグランビー。ローレンスがその意味を問うと、グランビーは断固たる信念をもって、その卵はそう遠からず孵化する、とにかく安穏《あんのん》としていられる状況ではないと言いきった。「孵化まで二年以上かかる種はそう多くありません。それに海軍省は、産みたての卵は買わなかったはずです。ある程度卵の状態で置いておかないと、孵《かえ》るかどうか予測できないからです。ぐずぐずしちゃいられませんよ。どうして海軍省がジブラルタル〔スペイン南東端〕にいる航空隊クルーじゃなくて、ぼくたちを派遣するのか、首をひねりますけどね」

ローレンスは、いまだ英国航空隊の駐屯地《ちゅうとんち》がどこにあるかに疎く、その可能性については考えていなかった。確かにジブラルタルよりもはるか遠くにいる自分たちにこの仕事がまかされたのは奇妙なことではある。「ジブラルタル基地からイスタンブールまでは、どれくらいかかる？」ローレンスは胸騒ぎを覚えて訊《き》いた。たとえジブラルタルからイスタンブールまでの空路にある海岸のほとんどにフランス軍の支配がおよんでいたとしても、水も洩らさぬ警備などしょせんできようはずがない。ドラゴン一頭だけなら、警邏《けいら》の目をくぐり抜けて休憩地点を見つけられるはずだ。

「二週間ですね。全速力で飛んだら、もう少し早く着くかもしれません」グランビーが返す。「ぼくたちがイスタンブールまで行くのは、陸づたいでも二か月以上かかりそうです」

ローレンスたちの協議に神妙に耳を傾けていたストーントン卿が口をはさんだ。

「だったら、いま命令書がここにあることが、一刻を争う任務ではないという証にはなりませんか？　英国からマカオまでこの手紙が届くのに、おそらく三か月はかかっているはず。それなら、この先数か月要したところで、たいしたちがいはないように思われます。急ぐのなら、航空隊はもっと近場から派遣したでしょう」

「それは、近場から派遣できればの話です」ローレンスは重苦しく返した。英国はドラゴンの頭数が限られているため、戦局が厳しくなれば、たとえ一、二頭であっても軽々しくドラゴンを戦線から離脱させ、往復で一か月かかる任務に送り出すのはむずかしい。ましてやテメレア級の重戦闘竜を送り出すわけにはいかない。ナポレオンがふたたびイギリス海峡を越えて英国本土に侵攻しようとしているのだろうか。あるいは、地中海艦隊に攻撃を加えようとしているのだろうか。そうだとすれば、いま自由に動けるのはテメレアか、ボンベイ、マドラスに駐留するほんの数頭のドラゴンだけということになる。

「急いでいるのでしょう」気の滅入《めい》る可能性を想定し、ローレンスは言った。「あなたがおっしゃるような推測は、まず成り立たないと思います。命令書の〝即刻〟という言葉は、そのまま受け取るべきです。テメレアが任務可能な状態にあることは明白なのですから。このような命令を受け、潮や風向きが適切であるのに、港でぐずぐずしているキャプテンがどういう評価を受けるかは、わかりきっています」

ローレンスが決断を下そうとしているのを察知して、ストーントン卿が言った。「キャプテン、思いつめて無茶な危険を冒そうなどとはお考えにならないように」一方、ローレンスと九年も苦楽を共にしてきたライリーはもっと率直に言った。「ローレンス、そんなばかげたことはやめたほうがいい」

ライリーはさらに言った。「アリージャンス号の修理を待つのは、〝港でぐずぐず〟することとはちがう。ここで陸路を選択するのは、あと一週間我慢して待てば晴天になるというときに、強風に突っこんでいくようなものですよ」

「へええ。陸路をとるなら、喉を掻き切ったほうがましみたいな言いようじゃありませんか」グランビーが言った。「金銀財宝を運ぶ隊商のような旅をするなら危険かもしれませんが、テメレアがいっしょなら、敵だって、ちょっかいは出せないでしょう。ましてや、陸におりるのは眠るときだけですし」

「いや、一等級艦並みの巨大ドラゴンの食糧も、陸で調達することになる」ライリーがちくりと言った。

ストーントン卿がうなずき、ライリーの話を引き継いだ。「ご自分たちがこれから踏みこもうとする地域がどれほど広大で、どれほど文明から遠いところか、ご存じないようですね」ストーントンは図書室の蔵書や資料を漁り、その地域の地図を何点か見つけ出してきた。羊皮紙に描かれた地図を見るだけで、そこが人の住めない辺境であることがわかる。果てしなき名もなき不毛の地。数個の小さな町が点在するのみの広大な砂漠を山脈が取り囲んでいる。ほこりまみれの古びた地図に目を凝らすと、広大な黄色い砂漠に、古風な書体で〝三週間水源見つからず〟と記されていた。「こんな言い方をして恐縮ですが、無謀な選択です。海軍省も、まさか、こんな行程をたどるように命じたつもりはないはずですよ」

「レントン空将なら、半年もかけて海路で行くなんてこと、ぜったいに考えなかったと思いますね」グランビーが言った。「みんな、陸路を行き来してるじゃないですか。かのマルコ・ポーロはどうです？　五百年近くも前の話ですよ」

「ほう。じゃあ、マルコ・ポーロのあとはどうなった？　フィッチとニューベリーの東方遠征隊は？」ライリーが言った。「山中で五日間ブリザードに遭《あ》って、三頭いたドラゴンが全滅した。まさにきみの考えているような、無謀な行動のせいで――」

「手紙を運んできたサルカイという人物は」ローレンスはストーントンに話しかけ、罵《のの》り合いになりそうなふたりを黙らせた。ライリーの口調はかなり辛辣《しんらつ》だったし、グランビーの顔色が怒りの炎に包まれた胸中そのままの色に変わっている。「――陸路で来たのではありませんか？」

「彼を常人だとは思われませんように」ストーントンが言った。「ひとり旅と集団の旅は勝手がちがいます。とりわけ、彼のように過酷な旅に慣れた者なら、旅荷もごくわずかですむのです。それに、彼が旅で危険にさらすのは彼の身ひとつ。ローレンス、あなたの場合は、ご自身が、言葉に尽くせないほど貴重なドラゴンを担う身であることをお忘れなく。任務の遂行よりもテメレアの安全確保のほうが、よほど重要というものですよ」

「ふふん、いますぐ行こうよ」悶々《もんもん》として帰ってきたローレンスに、〝言葉に尽くせないほど貴重なドラゴン〟が言った。「そういう話を聞くと、すっごく、わくわくするよ」テメレアは、昼間に比べれば涼しい夜気のなかですっかり目を覚まし、興奮してしっぽを左右に振った。しっぽの左右に、人の背丈ほどの砂の小山ができている。

「どんな竜の卵かな。火噴きだろうか」

「ああ、カジリク種をくれたらいいのになあ」とグランビー。「だけど、おおかたはふつうの中量級ドラゴンだろう。こういう取引をするのは、ドラゴンの血統にちょっぴり新しい血を入れるためだから」

「陸から行くと、どれくらい早く帰れるんだろう?」テメレアはそう尋ねると、ローレンスが砂の上に置いた地図を、首をかしげて片目でしげしげと眺めた。「やれやれ。船だとどんなに遠回りすることになるか見てごらんよ、ローレンス。ぼくは、船とはちがって、風がなくたって進めるんだ。夏の終わりには、もう英国に帰り着いてるだろうね」テメレアの目算があきれるほど楽観的なのは、地図の縮尺がよくわかっていないせいにちがいない。それでも陸路なら、遅くとも九月の終わりまでにはイングランドにたどり着けるだろう。帰国が早くなるというのは、どんな警告も忘れさせてしまうほど魅力的な要素だった。

「だからといって、陸路には賛成できないな」ローレンスは言った。「わたしたちはアリージャンス号に配属されたのだから、レントンはわたしたちが艦で戻ってくると思っているだろう。昔の通商路をやみくもに飛んで帰るなんて、軽率すぎやしないだろうか。それに……」ローレンスはテメレアをたしなめるように付け加えた。「心配することなんてまるでないとは言わせないよ」

「でも、やたら危険ってこともありえないよ」テメレアがひるむことなく言った。「なにもあなたをひとりで行かせて、ひどい目に遭わせようってわけじゃないよ」

「わたしたちを守るためなら、きみは軍隊にも立ち向かうだろう。だが、山岳地帯の強風は、きみでも打ち負かせない」ローレンスは言った。ライリーが指摘した、カラコルム峠《とうげ》で遭難した不運な遠征隊の話が頭にこびりついていた。命取りになるような嵐に突入すれば、どのような結果が待っているか、まざまざと想像できる。凍《い》てつく向かい風をまともに受けて、湿った雪と氷がテメレアの翼端で凍結し、クルーがそこまでたどり着けず、氷を割ることができずにいるうちに、テメレアが力尽きる。あるいは、逆巻く吹雪《ふぶき》のなか、危険な絶壁があることにも気づかず、同じ場所をぐるぐると旋回しつづける。あるいは、急激な冷えこみで自覚できないほど少しずつテメレアの体が重くなり、動きが鈍くなり、避難場所を見つけられないままに氷の餌食《えじき》となる。そんな状況で、ローレンスはどんな選択を強いられることになるのか。テメレアに着陸を命じ、クルーの命を優先し、テメレアをすみやかに死に至らしめるのか。あるいはそのまま全員、破滅に向かって過酷な飛行をつづけるのか。ふたつにひとつの決断を強いられるのだろう。戦場での死を冷静に思い描けるのに比べると、それは考えるだけでもぞっとする死に方だった。

「ということは、出発は早ければ早いほどいい。峠越えが楽ですから」グランビーが主張した。「ブリザードを避けるなら、十月より八月に越えるほうがいいでしょう」

「ブリザードを避けたはいいが、砂漠で丸焦げになる」ライリーが言った。

グランビーが、ライリーのほうにさっと向き直った。「あえて言いたくはありませんが」という言葉とは裏腹に、いまにも飛びかからんばかりの目つきをしている。

「臆病風に吹かれて、そういう反対意見をおっしゃっているのでは——」

「もちろんそうじゃない」ローレンスは厳しい口調で割って入った。「きみの言うとおりだ、トム。なにが危険かって、吹雪がどうこうの問題じゃないんだ。この旅にどんな苦難が待ち受けているのか、それをわかっていないことが、そもそも危険なんだ。陸路で行くか、艦の修理を待つかを決める前に、まずはそこをはっきりさせなくてはいけない」

「あの男に金を払うから道案内してくれと申し出れば、当然、道中は安全だって、やつは言いますよ」と、ライリーが言った。「そうして、いずこともわからない場所で、放り出されるに決まってます」

翌朝、ローレンスがサルカイの居どころを尋ねにいくと、ストーントン卿はふたたび陸路の旅を思いとどまらせようとした。「サルカイは、たまに手紙を運んできたり、ときどきインドにある東インド会社から仕事を請《う》けたりしています。彼の父親はたしか上級士官の紳士で、息子の教育にはけっこう力を入れたようなんです。ですが、いくらサルカイの物腰が洗練されていようが、信用できるとはかぎりません。彼の母親は土地の人間でした。チベットとかネパールとか、あのあたりです。ですから、彼は人生の大半を未開の地で過ごしてきたのです」

「ぼくとしては、言葉もろくに通じないやつより、半分英国人の血が混じってる案内人のほうがありがたいですよ」グランビーがあとから言った。ローレンスとグランビーは、マカオの裏通りを足もとに注意しながら進んでいた。先刻まで降りつづいた雨が側溝にあふれ、薄い緑色の膜が汚水をうっすらと覆っている。「未開の地に住んでて、どこが悪いんです？　サルカイがその地に詳しくなければ、ぼくたちの役に立たないわけですし。それに文句をつけたって意味がありません」

そしてようやく、サルカイの仮の住居が見つかった。中国人街にある二階建てのみすぼらしい小さな家で、いまにも崩れ落ちそうな屋根が両隣の家になんとか支えられていた。見れば、どの家も酔っぱらった老人のように隣家にもたれかかっている。建物の大家が、ローレンスたちをにらみつけてから、なにかぶつぶつ言いながら家のなかへ招き入れた。

サルカイは中庭にすわり、生肉の切れ端を皿から取っては鷹に与えていた。左手の指には、給餌《きゅうじ》のときに鋭いくちばしで突かれた傷が白い痕として残り、いまもいくつかの小さな傷から血が流れるままになっている。「ええ、わたしは陸路で来ました」サルカイが、ローレンスの問いかけに答えていった。「ですが、キャプテン、同じルートをお勧めはしません。海路に比べると、快適な旅とは言えませんので」サルカイは手を止めることなく、さらにひと切れの肉を鷹に差し出した。鷹はサルカイの指から血まみれの肉片をすばやく奪い、呑《の》みこむ前に、肉片をくちばしから垂らしたまま、ローレンスたちをぎろりとにらんだ。

サルカイにどんな言葉遣いで話しかければいいのか、ローレンスは迷った。相手は上流階級の召使いでもなければ、紳士でもなく、地元の人間でもない。その上品な話しぶりは、むさくるしい服装や立派とは言えない住まいから、妙に浮いていた。ただ、人目を引く奇妙な風貌《ふうぼう》で、おまけに獰猛《どうもう》そうな鷹を連れていては、ここよりましな住まいは望めないのだろう。サルカイのほうも、珍しいどっちつかずの身分を引け目に感じているふうでもなく、むしろその態度にはいくぶん無遠慮さが感じられた。ローレンスが知り合って間もない相手にとる態度のほうがよほど改まっているくらいで、サルカイには召使いのように扱われることに公然と反抗しているようなところがあった。

それでもサルカイはローレンスの質問に対して充分に協力的だった。給餌を終えると、鷹に目隠しをかけて眠らせ、陸路の旅に不可欠な装備がよくわかるように、自分がマカオまで持ってきた旅の道具一式を広げてみせた。毛皮を内張りした砂漠用の特殊なテントにはふちに沿って革で補強した穴が等間隔であいており、サルカイの説明によれば、その穴に紐を通して同種のテントと手早く結びつけ、一枚の大きな覆いをつくって、砂嵐や雹《ひょう》や雪からラクダを、もっと大きくつくればドラゴンも守ることができるということだった。使い勝手のよさそうな革製の水筒もあり、水洩れしないように革にはたっぷりと鑞《ろう》が引かれていた。水筒に紐でくくりつけられた小さな錫《すず》のコップには、半分量を示す目印が刻まれている。木製の箱には小さな方位磁石と、分厚い日誌が入っており、日誌には細かな地図がぎっしりと描かれ、端正な筆跡で覚え書きが添えてあった。

どれも使いこまれているが、手入れがゆきとどいていた。サルカイは明らかに砂漠の旅に慣れているし、ライリーが心配したような、仕事ほしさのがつがつしたところもない。「イスタンブールに戻るつもりはありませんでした」ローレンスが案内役を務めてくれないかと切り出すと、サルカイは言った。「あちらでは仕事をしていないものですから」

「では、ほかの土地なら仕事があるんですか？」とグランビーが言った。「とにかく、一刻も早くイスタンブールまで行きたいんです。ぜひとも、道案内をお願いします。お父上の祖国に奉仕するよいチャンスですよ」

「骨を折ってもらうからには、相応の支払いをするつもりです」ローレンスは付け加えた。

「そうですか、そういうお話ならば」サルカイが顔をゆがめて笑った。

「あなたがたが、ウイグルの連中に喉を掻き切られないように祈るばかりです」ライリーが悲観的に言った。夕食のあいだ、マカオにとどまるようにと再度ローレンスに説得を試み、ついに観念したようだった。「明日、またアリージャンス号で食事をごいっしょしませんか、ローレンス」艦長専用の送迎艇に乗りこみながらつづけた。

「お待ちしています。ハーネス用の革と、艦にある鋳鉄炉《ちゅうてつろ》もお届けします」ライリーの声が、オールが水をくぐる音と重なって聞こえた。

「ぼくがいるからには、ぜったいに、みんなの喉を掻き切らせたりしないよ」テメレアが憤慨《ふんがい》して言った。「だけど〝ウイグル〟は見てみたいな。ウイグルって、ドラゴン？」

「鳥の一種じゃないだろうか」グランビーが言った。ローレンスは首をひねったが、自分でもよくわからないので否定もしなかった。

「遊牧民のことです」翌朝、サルカイが言った。

「ふふん」テメレアは、少しがっかりしたようだった。人間なら珍しくもなんともないからだ。「あんまりわくわくする相手じゃなさそうだけど、ひょっとして、ものすごく凶暴だとか？」期待をこめて尋ねる。

「ラクダを三十頭買うだけの資金はお持ちですか？」サルカイがローレンスに尋ねた。

サルカイはテメレアから、今回の旅で経験できそうな楽しみについて、たとえば吹きすさぶ砂嵐だとか凍てつく山道だとかについて、切りもなく質問されつづけ、ようやく解放されたところだ。

「空路で行くのに？」ローレンスはとまどった。「テメレアなら、わたしたち全員を乗せていけるんだが」もしかすると、サルカイは、旅の手段を最初から誤解しているのではないかとさえ思った。

「敦煌《とんこう》までは飛んでいけます」サルカイがおだやかに言った。「そこからは、ラクダを買う必要があるでしょう。ラクダ一頭で、テメレアの大きさのドラゴン一日分の飲み水を運べます。水を運ばせたあとは、もちろん、テメレアに食べさせればいい」

「三十頭も、ほんとうに必要なのか？」ローレンスは、それほど日数がかかるということに落胆した。テメレアに乗って、すみやかに砂漠を渡れると予測していたからだ。「いざとなれば、テメレアは一日百マイル以上の距離を飛べる。それだけ飛べば、きっと水場が見つかるだろう」

「タクラマカン砂漠では、そうはいきません」サルカイが言った。「隊商路が廃《すた》れて、途中の町も消えているのです。オアシスも、大半が干《ひ》あがっています。人間とラクダが飲む分くらいは見つけられるでしょうが、塩気混じりの水です。テメレアを渇きで死なせたくないなら、水を持参するしかありません」

これで議論は打ち切りとなり、ローレンスは資金面でストーントン卿に援助を求めざるをえなくなった。イングランドを出発するときには、まさか陸路の旅のラクダ三十頭や補給物資を購入するための現金が必要になろうとは予想していなかった。ローレンスは借用書を書こうと申し出たが、ストーントン卿は「なにをおっしゃいますか。わずかな金額です」と聞き入れなかった。「あなたが北京でみごとに任務を果たされたおかげで、こちらはおよそ五万ポンドの純益が見こめるのですよ。むしろ、資金を援助することで、あなたを破滅へ追いやっているような気がして心苦しいばかりです。ローレンス、どうか不愉快な話になることをお許しください。誤った疑念を植えつけたくはないのですが、あなたが出発を決意されて以来、ある不安がこびりついて離れません。もしかすると、あの命令書は偽物《にせもの》ではありませんか?」

ローレンスははっとして、話しつづけるストーントン卿を見つめた。「あの命令書は、日付からすると、あなたが北京での任務に成功したという知らせが英国に届く前に書かれたことになります。もちろん、いまはもう届いているかもしれませんが、あの命令書が作成された時点で、あなたの任務が成功したかどうかは英国政府にはわからなかった。つまり、中国との交渉の最中にあなたに届く可能性もあると知りながら、あの命令書は書かれた。いいですか。もしもあなたとテメレアが、あの交渉の最中にイスタンブールへ向かうという非礼を犯していたら、どんな面倒なことになっていたでしょう。そもそも、イスタンブールに行くとなれば、あなたがたは中国から盗人のように逃げ出さなくてはならなかった。そのような侮辱《ぶじょく》行為におよべば、まず間違いなく中国と戦争になっていた。とすれば、英国政府がこのような命令書を送ってきた理由を想像することのほうがむずかしいのです」

ローレンスはグランビーを呼びにやり、命令書を持ってこさせた。三人は西の窓から射しこむ強い日差しのもとで、改めて手紙を検分した。「こういうことの目利《き》きってわけじゃありませんが、ぼくには、レントンの筆跡のように見えるんですけどねえ」グランビーが手紙を返し、考えこむように言った。

ローレンスも同じ意見だった。文字の傾きがばらばらで震えているという特徴からしても、ほぼレントンの筆跡に間違いない。ストーントン卿には黙っていたが、このような悪筆は飛行士には珍しくなかった。七歳で入隊を許され、見どころのある者はたいがい十歳で見習い生になり、実務訓練に打ちこむあまり、学業はおろそかになる。ローレンスの部下の幼い見習い生たちも、美しい筆跡を習得するように、三角法を頭に叩きこむように、とローレンスからしょっちゅう注意されているのだが、なかなか言うことを聞かない。

「だいたい、誰がこんなものをわざわざでっちあげるでしょう」グランビーが言った。

「あの北京でうろちょろしてたフランス大使ですか？　ド・ギーニュなら、ぼくたちより先に中国を出ています。いまごろはフランスに戻る船の上でしょう。それに、ド・ギーニュは英中の交渉に決着がついたことをよく知っているんですから」

「最新事情に疎《うと》いフランスのスパイが背後にいるとか？」ストーントン卿が言う。

「悪くすると、あなたがたが交渉に成功したことを知って、罠《わな》を仕掛けたのかもしれない。砂漠の追いはぎに金をつかませて襲わせるとか。アリージャンス号が火災に見舞われ、出航が延ばされ、じりじりしているのが確実なときに手紙が届くなんて、なんだか話ができすぎてます」

宿舎に戻る途中で、グランビーがローレンスに言った。「もう、じれったいのなんの。反対論やら悲観論やらは放っておいて、ぼくひとりで行ってしまいたいくらいです」クルーたちはすでに出発の準備に大わらわで、でたらめに梱包された荷物の山が浜辺に築かれつつあった。「そりゃ危険かもしれませんよ。だけど、ぼくたちは、ひとりじゃ動けない赤ん坊の世話係じゃないんですから。ドラゴンは飛ぶようにできているんです。この先九か月も甲板や岸にすわりっぱなしじゃ、テメレアだって戦闘意欲をなくしちまいますよ」

「そのうえ、クルーの半数くらいは堕落するだろう。とっくにたるんでいなければの話だが……」ローレンスは、若手士官たちのどたばたぶりを観察し、渋い顔になった。いきなり軍務に戻されて、まだ勘《かん》を取り戻していない。仕事ぶりの荒っぽさは、ローレンスの理想からはほど遠かった。

「アレン!」グランビーが鋭く叫んだ。「ハーネスを引きずるな。すっ転びたくなければな」運悪く目をつけられた、まだ幼さの残る士官見習いのアレンは、飛行ハーネスの金具をきちんと留めず、搭乗ベルトのカラビナを後ろに長く引きずっていた。そのせいで、自分やそばを通るクルーが足を引っかけそうになっていた。

地上クルーの長であるフェローズと、部下のハーネス係が、艦内火災にやられて修理のすんでいない飛行用装具にかかりきりになっていた。相当数の革製ストラップが、海水の塩分でがちがちに固まったり、腐ったり、焼け切れているために交換が必要だった。留め具も一部が熱のせいでねじ曲がっており、武具師のプラットが、浜に据えた急ごしらえの炉の前で、荒い息をつきながら、留め具を平らに叩き直していた。

「ちょっと飛んで、具合を見てくるよ」クルーたちに竜ハーネスを装着されたテメレアが、砂ぼこりをもうもうと巻きあげて飛び立った。上空でしばらく小さく旋回してから舞い戻り、クルーに指示を出した。「左の肩ベルトをちょっと締めて、しっぽのベルトをゆるめて」テメレアがすべてよしと宣言するまでに、数十か所に細かな調整がほどこされた。

テメレアが夕食をとるあいだ、ハーネスがはずされた。夕食は、角《つの》のある大きな牛をまるごと串刺しにして焼いたもので、緑や赤の胡椒《こしょう》がたっぷりとまぶされ、テメレアがケープタウンで味を覚えたキノコが大量に添えてあった。ローレンスはクルーたちにも夕食をとらせ、自分はアリージャンス号へ送迎艇で渡って、なごやかに、言葉少なに、ライリーと別れの前の食事をした。ふたりとも酒をあまり口にしなかった。食事のあと、ローレンスは、その日の郵便物の集配がすでに終わっていたので、母親やジェーン・ローランドに宛《あ》てた手紙を数通、ライリーに託した。

「道中ご無事で」舷側から送迎艇に降りるローレンスに、ライリーが声をかけた。日没がはじまり、岸に戻るころには、日はほとんど街の建物の向こうに隠れて見えなくなった。テメレアは最後に残った牛の骨をガリガリとかじっていた。ちょうど、食事を終えた部下たちが宿舎から出てきた。ハーネスを再装着されると、テメレアは「うまくおさまってるよ」と答えた。クルーがテメレアに乗りこみ、飛行用ハーネスをテメレアのハーネスに、カラビナでしっかりと固定した。

サルカイが帽子のストラップのボタンを顎《あご》の下で留め、軽々とテメレアによじのぼり、首の付け根あたりの、ローレンスに近い位置に落ちついた。鷹は目隠しをされて、サルカイの胸にくくりつけた小さなかごに入れられていた。突然、アリージャンス号の礼砲がとどろいた。出発の儀式だ。テメレアがうれしげにひと声吼《ほ》えて礼砲に応《こた》えるのと同時に、アリージャンス号の主檣《メインマスト》に、〝順風〟という信号旗が翻《ひるがえ》った。任務の成功を祈ってくれているのだ。テメレアは全身の筋肉に力をため、勢いよく息を吸いこむときの低い音を響かせ、体内のすべての〝浮き袋〟を大きくふくらませ、空へ飛び立った。眼下のマカオの港や街の明かりが、またたく間に遠ざかっていった。

# 2　長い旅路のはじまり

テメレアはぐんぐん速度をあげた。編隊のなかの高速飛行の苦手なドラゴンを気にせずに存分に飛べるチャンスを得て大喜びだった。ローレンスは最初のうちこそいささか用心したが、テメレアが消耗したり、肩の筋肉が熱を持ったりするようすはないので、出発から数日過ぎると、テメレアの望みどおりの速度で飛ぶようにさせた。

一行が食糧を調達するために、それ相応の大きさの町の近くにおりると、かならず町の役人たちが面食らいながらも好奇心に駆られて会いにきた。ローレンスは一度ならず、皇帝から贈られたドラゴンの刺繍入りのずっしりと重い金色の長衣に袖を通した。そうすることで、役人たちの質問攻めや面倒な事務手続きをかわすことができた。皇帝から贈られた長衣なら、間に合わせに緑の上着を着たときほどの気後れは感じなかったが、その代わり、えんえんと〝叩頭《こうとう》の礼〟を受けるはめになった。そのためしだいに集落を避けるようになり、テメレアの食糧は牧夫から直接買い求め、夜ごとの宿も人里離れた寺院や、道中で見つけたドラゴン舎などを選ぶようになった。あるときは、中国軍の使われなくなった駐屯地の建物に泊まった。屋根は崩落していたが、壁がまだ半分ほど残っていたので、テントを紐でつないだ天幕を廃墟《はいきょ》の上に張り、古い廃材で火をおこした。

「武当山《ぶとうさん》の山裾《やますそ》に沿って北上し、洛陽《らくよう》に向かいます」ある夜、サルカイが言った。ふだんの彼は無口で、人と打ち解けようとしなかった。針路を伝えるやり方も、黙ったまま方角を指で示すか、テメレアのハーネスに装着されたコンパスをとんとんと叩くかで、それをテメレアに伝えるのはもっぱらローレンスの役割だった。

だがその夜、戸外の焚《た》き火のそばにすわっているとき、サルカイはローレンスの求めに応じて、土の上に行路を描いた。テメレアが興味深そうに、背後からのぞきこんだ。「そのあと西に針路をとり、古都西安《シーアン》に向かいます」中国の地名を聞いてもローレンスにはさっぱりだったし、持参した七種類の地図には、どの町も七通りの綴《つづ》りで記されているありさまだった。サルカイはそんな地図を横目でちらりと見やっただけで、参考にするに値《あたい》しないと即断したようだ。一方、ローレンスには海で養った知識があり、日ごとに変わる宿泊地の日の出や星の位置によって、どれくらいの距離を進んだかが把握《はあく》できた。

つぎつぎに町や村があらわれ、地上の子どもたちが、高速で移動するテメレアの影のなかを走りながら手を振り、意味を聞きとれない甲高い声で呼びかけ、やがて後方に取り残されていった。河川《かせん》がうねうねと流れ、左手には陰鬱《いんうつ》な色合いの山がそびえていた。山肌はところどころで苔《こけ》むし、峰にからめとられた雲があきらめたように山を取り巻いていた。時折り通りかかるドラゴンたちは一行を避け、礼儀正しく高度を下げてテメレアに道を譲った。一度だけ見かけた、皇帝の伝令竜である、猟犬を思わせる優美な体型をした翠玉《すいぎょく》種のドラゴンは、ほかの種なら冷気と大気の薄さに耐えきれないような高度を飛んでいて、陽気に挨拶しながら急降下すると、テメレアの頭の周囲をハチドリのように軽やかに飛びまわり、ふたたび高度を上げて去っていった。

北へ飛びつづけるほどに、夜の熱気から解放され、内陸らしい暖かな心地よい気候に変わっていった。遊牧民の家畜の大規模な群れに出会わないときでも、たやすく、たっぷりと野生動物を狩ることができた。狩りの収獲で、竜と人の腹を満たした。西安まであと一日足らずという地点まで来ると、その日の移動を早めに切りあげ、小さな湖のほとりに宿営を張った。三頭の大きな鹿が、人間とテメレアの夕食用に焚き火にかけられ、焼きあがるまでクルーたちは、乾パンや地元の農夫から仕入れた新鮮な果物をかじった。グランビーが見習い生のエミリーとダイアーを焚き火のそばにすわらせ、その明かりでペン字の手習いをさせ、そのあいだにローレンスは、ふたりの三角法の答案を解読しようと頭をひねった。答案はまともに風が当たる空中で石板に書かれていたものなので、解読するにはそれなりの集中力を要したが、少なくとも三角形の斜辺がほかの辺よりも短くなるような計算間違いをふたりがしなくなったことがわかり、胸を撫《な》でおろした。

ハーネスから解放されたテメレアは、すぐに湖に飛びこんだ。湖にはあちこちから渓流が流れこみ、湖底は角《かど》の取れたなめらかな石に覆われていた。盛夏も近いので、水は浅くなっていたが、テメレアはなんとか背中にも水をかけ、夢中になってはしゃぎまわり、小石の上で身をよじった。「すごくさっぱりするよ。でももう食事の時間かな?」水から上がってきて、炙られている鹿を期待をこめて見つめるが、料理の出来映えにまだ満足できないコックらが、巨大な串焼き用の鉤《かぎ》を脅《おど》すようにテメレアに振りかざした。

テメレアはため息をつき、翼をぶるぶるっとふるわせて、コックらに水しぶきを浴びせ、焚き火を燻《いぶ》らせると、岸辺にいるローレンスのそばに身を落ちつけた。「艦《ふね》の修理を待って海路をとらずに、大正解だったよ。好きなだけ速く、まっすぐに何マイルも何マイルも飛んでいくのって、なんて気持ちいいんだろう」と、あくびをしながら言った。

ローレンスは目を伏せた。イングランドでは、そんなふうに飛べることはまずない。いまのようなペースで飛べば、一週間で国土の端から端まで行って、また戻ってこられる。「水浴びは楽しかったかい?」話題を変えようとして尋ねた。

「ふふん、そうだね。あの丸い小石がすごくいい感じ」テメレアはなつかしむように付け加えた。「メイがしてくれたことの気持ちよさにはおよばないけどね」

インペリアル種の愛らしいドラゴン、ロン・チン・メイは、北京に滞在中、テメレアと親密な関係にあった。ローレンスは北京を出て以来、テメレアが心ひそかにメイへの思慕《しぼ》をつのらせているのではないかと案じていた。だがこの突然の発言は、ローレンスの心配とは、かなりずれていた。少なくとも恋に悩んでいるというふうではない。隣で聞いていたグランビーが「こりゃまいった」と言って立ちあがり、野営地の端に向かって声を張りあげた。「ミスタ・フェリス! ミスタ・フェリス、みんなに補給用の水を捨てて、谷川で汲みなおしてくるように言ってくれないか」
「テメレア!」ローレンスはテメレアに返す言葉も見つからず、頬《ほお》を熱くした。
「なに?」テメレアがきょとんとして、ローレンスを見つめ返す。「あなただって
ジェーン・ローランドといっしょのほうが楽しいんじゃないの? 自分ひとり
で――」
ローレンスはさっと立ちあがって言った。「ミスタ・グランビー、みなを夕食に呼
んでくれたまえ」そしてもちろん、「承知しました《イエッサー》」と言って駆け出していったグラ
ンビーの声が、笑いを嚙《か》み殺して震えていたことには気づかないふりをした。
西安は、古来いくつもの王朝の都《みやこ》として栄華を誇った古都だ。だがいまや、街に向
かう街道は草むし、行き交う荷車や旅人の姿もまばらだ。一行は、濠《ほり》とともに街を囲
む、灰色の煉瓦《れんが》造りの周壁の上空を通過し、暗くて人けのない塔と、それを守る幾人
かの衛兵、物憂《ものう》げにあくびする深紅のドラゴン二頭の上を過ぎた。上空から眺める街
は、街路によってチェス盤のように仕切られ、さまざまな意匠《いしょう》の寺院が散らばってい
た。ときには屋根の尖《とが》った仏教寺院の隣に、モスクの尖塔が寄り添うように建ってい

ることもあった。

　大通り沿いに、痩《や》せたポプラの木と、緑の葉をまばらに残す松の古木が並んでいた。一行が誘導されたのは、街のなかでもとりわけ目立つ大きな仏塔の前にある大理石敷きの広場で、長衣をまとったこの地方の長官、知府《ちふ》が役人たちを従えて待ち受けており、うやうやしく頭をさげた。ローレンスたちが西安に近づいているという知らせが、途中で出会った翡翠種《ジェイド》の伝令竜によって届いていたらしい。黄河《こうが》の支流、渭水《いすい》のほとりにある、豊かな小麦畑を見晴らす古い亭舎でもてなしを受け、ローレンスたちには白濁《はくだく》した熱いスープと羊肉の串焼きが、テメレアには三頭の羊を並べた大きな串焼きがふるまわれた。街を発《た》つとき、知府がおごそかなしぐさで柳の枝を折り、ローレンスに差し出した。この国に古くから伝わる、無事に戻ってこられるようにという願いをこめる別れのしきたりだということだった。

　その二日後には、天水《てんすい》に近い赤褐色の岩山の洞窟を、ひと晩の宿とした。山腹の岩肌には、もの言わぬ厳しい顔をした巨大な仏像が幾体も彫られていた。おびただしい数の仏の顔や腕が岩から浮かびあがり、衣《ころも》のひだは永遠の形をとどめていた。岩屋の外では、ひと晩、雨が降りつづいた。翌朝飛び立つときも、巨大な仏像が、晴れることのない霧のあいだから一行を静かに見送った。

そこから渭水か、その支流とおぼしき川をたどるように飛んで、本格的な山岳地帯に入った。曲がりくねってつづく峡谷《きょうこく》は、テメレアが翼をいっぱいに伸ばすと、かなり危険な幅しかなかった。テメレアは、そんなスリル満点の峡谷を高速で飛ぶのが楽しくてたまらず、翼をいっぱいに広げるものだから、岩肌から突き出た若木を翼端でこすりそうになることもあった。そしてとうとうある朝、峡谷を突風が吹き抜けたとき、翼を下から風にあおられ、あわや岩肌に叩きつけられそうになった。

テメレアは突拍子もない声をあげ、とっさに宙で身をくねらせ、峡谷の絶壁にしがみついた。もろい頁岩《けつがん》がすぐに崩れはじめた。ごくわずかに生えた緑の若木や草も、テメレアの体重に耐えられるほどには根を張っていなかった。「翼をため!」ローレンスはメガホンを通して叫んだ。テメレアは本能的に羽ばたいて空中に戻ろうとしていたが、それでは岩の崩落を加速させるばかりだ。声が届くと、テメレアはすぐに翼を折りたたみ、もろい岩肌を引っかいたり削ったり蹴《け》ったりしながらずるずると滑り、川を横にふさぐ恰好でぶざまに着地し、横腹を大きく波打たせた。

「野営の準備を」ローレンスはグランビーに急いで命じると、搭乗ベルトのカラビナをはずし、いまにも転げ落ちそうになりながら下に向かった。地上まで最後の二十フィートは、竜ハーネスもろくに握らず滑りおり、テメレアの頭のところへ駆けつけた。テメレアはしょげかえり、荒い呼吸で巻きひげや冠翼を揺らし、四肢を震わせていた。それでも、哀れな腹側乗組員《ベルマン》や地上クルーが腹の下からよろよろと出てくるあいだは、なんとか足を踏ん張ってこらえていた。ベルマンたちは、死にもの狂いの滑《かっ》降《こう》で巻きあげられた土砂をかぶり、全身灰色の泥まみれで、いまにも窒息《ちっそく》しそうだった。

出発からまだ一時間そこそこだったが、飛行を中断することに異議を唱える者はいなかった。クルーはテメレアと同じように、くすんだ黄色の草に覆われた河岸に横たわった。「ほんとうに、どこも痛くないのかい？」と、ローレンスが心配して尋ねるのを横目に、竜医のケインズがぶつくさ言いながら、テメレアの肩によじのぼり、翼の関節を念入りに調べた。

「うん、だいじょうぶだよ」テメレアは言った。負傷したようすはなく、ただ茫然《ぼうぜん》としているだけのようだった。それでも気を取り直して川の流れに足を浸し、クルーにかぎ爪のまわりの硬い皮膚にめりこんだ土や小石をきれいにこすり落としてもらった。そのあとは眼を閉じ、頭も地面におろして昼寝に入った。もうどこへも行きたがらなかった。「きのういっぱい食べたから。あんまりおなかはすいてない」ローレンスが狩りにいかないかと誘うと、テメレアは眠るほうがいいと言った。数時間後、サルカイが戻ってきて——そもそも彼がいなくなったことに誰も気づいていなかったのだが——鷹に狩らせたという丸々と肥えたウサギ十数羽をテメレアに差し出した。それはふだんならテメレアがひと口かふた口で食べてしまう量だったが、中国人コックらが塩漬けの豚の脂身《あぶらみ》やカブなど新鮮な野菜といっしょに煮こみ、量を増やした。テメレアは仕上がった料理を骨まで平らげた。おなかがすいていない、というわけではなかったようだ。

朝が来ても、テメレアはまだ少しびくびくしていた。後ろ足立ちで伸びあがると、頭を高く持ちあげ、舌を伸ばして空気を味わい、風向きを感じとろうとした。それから、どこがどうと言えないのだが、ハーネスにわずかな不具合があると言い出し、そのために何か所か調整しなければならなかった。そのあとは喉が渇いたと言い、川の水はひと晩で泥水と化していたので、クルーは石を積んで即席のダムを築き、深い溜《た》め池をつくって、テメレアに水を与えた。ローレンスは、ひょっとして、あの墜落事故のあと、すぐに飛行を再開しようと主張しなかったばかりに、テメレアを畏縮《いしゅく》させてしまったのではないか、と考えはじめた。が、テメレアはいきなり「いいよ、出発しよう」と言い、全員が乗りこむと、すぐに飛び立った。

テメレアの両肩の筋肉がこわばっているのが、そこにすわるローレンスにはすぐにわかった。しばらくしてこわばりは消えたが、テメレアはいつもより慎重になり、山岳部を飛ぶあいだは速度を落としていた。そして三日後、一行は黄河を渡ることになった。川の水に黄土《おうど》がたっぷり混じっているせいで、遠くから見ると、水の流れというより、黄や茶に染まった地面が動いているかのようだった。川の両岸は豊かな緑に覆われ、川べりまでみっしりと草が生《は》え、川面《かわも》にせり出していた。黄河を行く行商船から絹地を買い求め、それで川の水を漉《こ》してようやく飲めるようになった。だがそれでも、川の水で淹《い》れた紅茶はざらざらとして粘土臭《ねんどくさ》い味がした。

「まさか砂漠を見るのが、こんなにうれしいなんて思いませんでしたよ。砂にキスしてもいいくらいだ」数日後、黄河からはるかに遠ざかったところで、グランビーが言った。その日の午後に、丘陵《きゅうりょう》や低木の茂る台地が山岳地帯に取って代わった。武威《ぶい》の街はずれに張った宿営からは、褐色の砂漠を眺めることができた。「中国にヨーロッパを落っことしたら、二度と見つからなくなりますね」と、グランビーが言った。

「この地図ときたら、まったくでたらめだな」ローレンスはグランビーにうなずきながら、日誌にいつものように日付と推定上の移動距離を書きとめた。手持ちの地図だと、これだけの距離を移動したら、いまごろはモスクワ近くまで達していることになる。「ミスタ・サルカイ」焚き火のそばにやってきた案内役のサルカイに声をかけた。「明日、いっしょにラクダを買いにいってもらえるだろうか？」

「いや、まだタクラマカン砂漠には達しておりません」とサルカイが答えた。「あそこに見えるのは別の砂漠です。あのはるか彼方《かなた》にゴビ砂漠がある。まだラクダは必要ありません。いま見える砂漠は迂回して進みますから、水は充分に補給できます。この先数日分の肉は確保しておいたほうがよさそうですが」そう付け加えたサルカイは、ふたりをがっかりさせたことには気づいていなかった。

「砂漠なんて、旅にひとつきりでたくさんですね。こんな調子じゃ、イスタンブールでクリスマスを迎えることになりそうです。どんなに早く着いたとしても」グランビーが言った。

サルカイが眉を吊りあげた。「出発して二週間。一千マイル以上は旅程を消化しております。まさかこのペースにご不満があろうとは思えませんが」そう言うと、備品の点検が必要だとかで、たちまち物資をおさめたテントに消えた。

「速いっちゃあ速いかもしれねえが、こんなペースじゃ、祖国で待ってる人たちの役に立てねえや」グランビーが苦々しげに言った。ローレンスが驚いて見やると、それに気づき、少し顔を赤らめた。「無作法《ぶさほう》な口をきいてすみません。ただ、母ときょうだいがニューカッスル・アポン・タインに住んでいるもんで」

ニューカッスル・アポン・タインは、エディンバラ基地ともっと小さなミドルズブラ基地との中間にある、英国の石炭の大半を産出する炭坑町だ。もしナポレオン軍が海から英国本土への砲撃を企てるとしたら、この町も当然ながら標的にされるだろうし、防戦は苦しいものになるだろう。ローレンスは黙ったままうなずいた。

「きょうだいは、たくさんいるの？」テメレアがすかさず訊いた。ローレンスが礼儀を重んじて立ち入った質問を控えたというのに、テメレアにとっては、いつもどおり作法よりも好奇心を満たすことのほうが優先される。これまでグランビーが家族の話をしたことは一度もなかった。「きょうだいは、どんなドラゴンに乗ってるの？」

「飛行士じゃないんだ」グランビーがそう答え、やや開き直ったように言い足した。

「父は石炭を売っていた。ふたりの兄は、いまは伯父の商売を手伝ってる」

「そうか、それもきっと、おもしろい仕事なんだろうなあ」テメレアは心からそう思っているにちがいないのだが、なにもわかっていないことは明らかだった。ローレンスには、すぐに事情が呑みこめた。グランビーの父親はすでに亡くなって、残された母親が頼りとする伯父には、おそらくグランビーの兄たちのほかにも養っていかなければならない子どもたちがいたのだろう。そのため、グランビー少年は、おそらく口減らしのために航空隊に入れられたのだ。航空隊に入隊すれば、七歳の少年でも小額ながら給料がもらえるし、みなから尊敬される職業とは言いがたいものの、将来は保証される。一方、家族はひとり分の部屋代と食費を浮かすことができる。社会的地位の高い海軍とはちがって、航空隊に入るために由緒《ゆいしょ》正しき家柄や誰かの口利きは必要ない。むしろつねに志願者が不足しているくらいなのだ。

「ニューカッスル・アポン・タインなら、海軍が砲艇《ほうてい》で守ってくれるだろう」ローレンスは話題を変えようとして言った。「それにドラゴンによる空爆を防ぐために、コングレーブ・ロケット砲〔英国軍が開発したロケット兵器。一八〇五年に対フランス戦で初めて使用されたが、失敗に終わった〕を試してみるという噂《うわさ》もある」

「それなら、だいじょうぶかな。ロケット砲の発射に失敗して、町を火の海にしちまえば、フランス軍はわざわざ攻撃してこないでしょうからね」グランビーはいつものユーモアを取り戻して言ったが、ほどなくその場から離れ、小さな寝具を大型テントの片隅に敷いて眠ってしまった。

それからまた五日間飛びつづけ、嘉峪関《かよくかん》にたどり着いた。嘉峪関は荒涼とした土地に建つ荒涼とした要塞《ようさい》で、周囲の砂を固めて焼いたと思われる黄色の硬い煉瓦で築かれていた。外壁の高さは、テメレアの身長の三倍、厚みはおよそ二フィートもあった。国の都と新たに征服した西方地域とのあいだに中国が設けた、もっとも新しい前哨《ぜんしょう》基地なのだ。衛兵たちは無愛想で厳しい顔つきだったが、ローレンスの目には、他国の前哨基地で見かける、たるみきった徴集兵よりも、よほど本物の兵士らしく見えた。限られた兵士しか銃を持たず、それもひどく手入れの悪いマスケット銃だったが、みなが持つ長剣の革で巻かれたつかは、よく使いこまれて黒光りしていた。衛兵たちは、テメレアがほんとうに天の使い《セレスチャル》種かどうかを疑うように、近くまで来て冠翼をじろじろと眺めた。そのなかのひとりが冠翼の突起をぐいっと引っぱったものだから、とうとうテメレアは冠翼を逆立てて、鼻息を荒くした。衛兵たちもそれで少しは慎重になったが、一行の荷物をすべて調べると言って引きさがらず、ローレンスがアリージャンス号から持ち出してきたある品をめぐって、つまらないひと悶着がはじまった。問題の品は、北京の街で購入した、たとえようもなく美しい深紅の壺《つぼ》だった。衛兵は輸出品に関する条項を記した分厚い法律書を持ち出し、仲間と議論をはじめ、そこにサルカイも巻きこんだのち、ローレンスが受け取ってもいない売買証書を要求した。ローレンスもついに苛立って声を張りあげた。「どういうことだ、これは父への土産《みやげ》だ。売るつもりなんかないんだ！」これが通訳されて、衛兵たちの態度がいくぶんやわらいだ。ローレンスは衛兵たちが壺を乱暴に扱わないように、梱包《こんぽう》のやり直しを監視した。賊《ぞく》の襲撃や火事をかいくぐり、三千マイルも無傷のまま運んできたこの壺を、いまさら失いたくはない。いずれはこの壺を使って、美術品蒐集家《しゅうしゅうか》としても名高い父、アレンデール卿《きょう》を懐柔《かいじゅう》し、中国皇帝との養子縁組を認めさせようと考えていた。ただでさえ父は息子が飛行士になったことを喜んでいない。養子縁組の一件など知ったら、面子《メンツ》をつぶされたと言って激怒するにちがいなかった。

衛兵による荷物の検査は一日では終わらず、翌日の午前半ばまでかかった。すべてが終わったとき、一行のなかで、この不愉快な場所にもうひと晩とどまりたいと思う者は誰もいなかった。古《いにしえ》には安全な目的地にたどり着こうとする、あるいは帰路につこうとする隊商が、喜びにあふれて通過した場所だったかもしれないが、いまは、国を追われる者が最後に立ち寄る辺境でしかなく、すさんだ空気が漂《ただよ》っている。

「日中の暑さの盛りになる前に、玉門関《ぎょくもんかん》〔万里の長城の西端に置かれた重要な関所、中国と西域諸国との境界〕まで行けます」サルカイが言い、それを聞いて、テメレアが要塞の貯水池から水をたっぷりと補給した。一行は要塞にひとつだけある出口から出発した。奥まった広場から正面の胸壁を抜けていく巨大なトンネルには、ところどころにカンテラが置かれ、薄ぼんやりとしたゆらめく炎で、国を出ていくドラゴンたちがかぎ爪で壁に記したと思われる悲しい落書きを闇《やみ》のなかに浮かびあがらせていた。多くのドラゴンが、仏の慈悲を乞い、いつか故国に帰れますようにと祈っていた。なかにはまだ新しい爪痕《つめあと》もあり、トンネルの出口に近いところにあるものは、消えかけた文字の上に新たに大きく文字を刻んでいた。テメレアが立ち止まり、神妙な声でローレンスに読んで聞かせた。

愛しいあなたの墓とわたくしを隔てる一万里

わたくしの旅路もまた一万里
ああ　翼を広げ　無情なる日のもとへ

薄暗く長いトンネルを抜けると、太陽が無情に照りつけた。大地は乾いてひび割れ、風が砂と小石を運んでいる。トンネルの外で荷物の積み直しをしていると、ふたりの中国人コックがみなから少し離れて、それぞれ小石を拾い、敵意がこもっているようにも見える奇妙な所作《しょさ》で要塞の壁に投げつけた。ここに来るまではホームシックの気配などみじんも見せなかったふたりだが、一夜にして口数少なく、思い悩むような表情に変わっていた。ジン・チャオの投げた小石は壁から跳《は》ね返り、ゴン・スーの投げた小石は傾斜した壁をころころ転がって、地面に落ちた。それを見てゴン・スーがはっと息を呑み、ローレンスのもとにすっ飛んできて、謝罪の言葉を並べた。中国語の語彙《ごい》がかなり乏《とぼ》しいローレンスにも、言わんとすることは汲みとれた。ゴン・スーはもうここから先へ行くつもりはないと言っている。

「小石が手もとに跳ね返ってこなかったのは、二度と中国に戻れないことを意味してるんだって」テメレアが通訳した。もうひとりのコック、ジン・チャオは、すでに仕事に戻り、香辛料や調理道具の入った行李《こうり》を、荷詰めの作業をするクルーに手渡している。見るからに元気を取り戻し、ゴン・スーの狼狽《ろうばい》ぶりとは対照的だ。

「よしてくれ、そんなのは理屈の通らない迷信だ」ローレンスはゴン・スーに言った。「中国を離れるのはいっこうにかまわないと、きみは請《う》け合ったじゃないか。それに半年分の給料を前払いした。帰りの路銀《ろぎん》が出ると思うのは考えちがいだな。きみは一か月も働かないうちに、契約違反に当たることを言い出している」

ゴン・スーはさらに弁明をつづけた。受け取った金はすべて実家の母に託してきたし、そうしなければ母は食べるものにさえ事欠くし、頼りにできる人もいない——。しかし、ゴン・スーの家族はマカオまで一家をあげて見送りに来ており、ローレンスは彼の母親にも会っていた。たくましい、かなり手強《てごわ》そうなご婦人で、十一人もの息子を引き連れていたことを憶《おぼ》えている。「それでは」ローレンスはついに根負けして言った。「——どうしても帰ると言うなら、少しだけ路銀を出す。だがそれでも、きみはわたしたちに同行したほうがましだと言っておく。金の問題はともかく、陸路で故郷までたどり着くには、いやというほど時間がかかる。すぐに、こんな妄想にとらわれたことを愚かだったと悔やむことになるだろう」正直なところ、ふたりのコックのどちらかが辞《や》めるのなら、ジン・チャオに辞めてほしかった。ジン・チャオはけんかっ早く、地上クルーが彼の道具類を思うように扱わないと、中国語でがみがみと叱りつける。このごろでは、ジン・チャオはなにを怒っているのかと、地上クルーがテメレアにこっそりと尋ねにくるほどだ。ジン・チャオが暴言を吐いて、これ以上事態が悪化するのは願いさげだった。

ゴン・スーが返事を渋っているので、ローレンスはさらに言った。「ひょっとすると、あの石は、きみがたいそうイングランドを気に入って、定住しようと決めることを意味しているだけかもしれない。だがいずれにしたって、そんなお告げに怯えて、みずからの宿命を避けているようでは、ろくなことにはならないな」このせりふに感ずるところがあったらしく、ゴン・スーはしばらく迷ったのち、ついにテメレアに乗りこんだ。ローレンスは、このごたごたのくだらなさに頭を振り、テメレアのほうを向いて言った。「なんともばかげた言い伝えがあるものだね」

「ふ、ふふん。そうだね」テメレアがぎくりとしたようすで返した。ローレンスがテメレアの視線をたどれば、そこに人の背丈半分ほどの大きな丸い石があった。テメレアはさっと石から眼を逸《そ》らし、そんなものは見ていなかったというふりをした。もしテメレアがその石を壁に投げつけていたら、要塞が敵から爆撃されたと思いこみ、衛兵たちが飛び出してきただろう。

「ぼくたち、いつか戻ってこられるよね、ローレンス。そうだよね?」テメレアが少しせつなそうに尋ねた。テメレアがあとに残していくのは、彼にとって唯一の血族である、わずかな天の使い種《セレスチャル》のドラゴンと、宮廷での豪奢《ごうしゃ》な暮らしだけではない。中国がすべてのドラゴンに対してごくふつうに、当然のものとして与えている数々の自由も残していくのだ。中国には、あらゆるドラゴンが人間とほとんど変わらない扱いを受けられる社会制度がある。

ローレンスには、テメレアほどには、中国に戻ってきたいという強い思いも理由もなかった。ローレンスにとって、中国は不穏と危険の渦巻く土地、いわば外交政治の泥沼《どろぬま》であり、正直に言うなら、嫉妬《しっと》と羨望《せんぼう》を掻き立てられる国でもあった。自分ひとりならここに戻りたいとはけっして思わないだろう。それでもテメレアには、「戦争が終わったら、いつでも好きなときに戻れるよ」と静かに返し、慰めるように竜の前足に手を添えた。折《おり》しもクルーたちがテメレアのハーネスの装着を終え、飛行の準備が整ったところだった。

## 3　砂漠を行く

一行は夜明けとともに、敦煌《とんこう》の緑豊かなオアシスをあとにした。重い足どりで砂丘の頂《いただき》を越えるとき、だだをこねるようにラクダの鈴が一斉《いっせい》に騒いだ。毛に覆われたひづめが、日差しが砂山につくる明と暗の稜線《りょうせん》を蹴散らしていく。波打つ海原《うなばら》を思わせる砂漠の光景は、まるで黒インクで描いたペン画のようだ。完璧な白と黒い塗りつぶしでつくられる波模様が、砂という淡いカラメル色の紙の上に果てしなくつづいている。

隊商の行く道は、ところどころで北や南に分かれ、分岐点を示す骨塚のてっぺんで、ラクダの頭蓋骨《ずがいこつ》が空を見つめていた。やがて先頭をゆくサルカイがラクダを南に向け、長い隊列がそれにつづいた。ラクダたちはいまだおっかなびっくりの乗り手たちをよそに、果たすべき役割をよく心得ていた。テメレアが大きな牧羊犬よろしく、ラクダを怖がらせずに後ろから追い立てられる距離を保って、ゆっくりとついてくる。

過酷な日差しを覚悟していたが、いまのところは砂漠の北側にいるため、しじゅう暑いわけではない。正午《しょうご》までに全身が汗みずくになったが、日没から一時間もたつと骨の芯《しん》まで冷えて、夜間には水を入れた樽《たる》にうっすらと白い霜《しも》が降りた。サルカイの鷹は、茶色い斑点《はんてん》のあるトカゲやネズミを捕らえて食べていたが、鷹の眼で見なければ、小さな生き物は岩陰をかすめる影でしかなかった。テメレアは毎日一頭ずつ、隊のラクダを減らしていった。人間の食べ物は、何時間でも嚙んでいられそうな硬い干し肉、出し殻のような茶、オート麦の粉と炒った小麦を混ぜた、どろりと濁って気味悪いが、栄養はたっぷりとれる粥《かゆ》だった。樽の水はテメレア専用で、人間の飲み水は各自が携行する皮袋に入っていた。水の補給はおおよそ一日おきで、塩気混じりの涸《か》れかけた井戸か、ギョリュウの茂みにある浅い水たまりから汲みあげた。ギョリュウの根がぬかるみのなかで腐り、水は黄色く濁って、沸騰させても変な苦みが残った。

毎朝、最適な経路をさがすため、ローレンスとテメレアはサルカイを乗せて、隊列の少し先まで偵察に飛んだが、いつも地平線をゆがませて揺らめく陽炎《かげろう》に視界を阻まれた。南に伸びる天山山脈は蜃気楼《しんきろう》の上にあり、藍色の山々はまるで地上から隔てられた別の空間に浮かんでいるかのようだった。

「なんて寂しいところなんだろう」テメレアはそう言いながらも、偵察飛行を楽しんでいた。ドラゴンに浮力を与える体内の〝浮き袋〟に太陽熱が特殊な作用をおよぼすらしく、テメレアはたいして苦労もせずに空に浮かんでいられた。

テメレアとローレンスは、たびたび昼間の休憩をいっしょにとった。ローレンスがテメレアに本を読んでやるか、テメレアが自作の詩を朗誦《ろうしょう》した。詩作は北京で覚えたもので、かの地においては戦闘よりも詩作のほうが天の使い種《セレスチャル》のドラゴンにふさわしい行為であると見なされていた。日暮れ近くになると、竜と人はふたたび飛行を再開し、黄昏《たそがれ》に響くラクダの物悲しい鈴の音を頼りに、一行に合流した。

「ご報告します」ある夕暮れ、テメレアの着地と同時に、グランビーが駆け寄ってきた。「コックのひとりが行方不明です」

ローレンスとテメレアはすぐにまた飛び立って捜索したが、哀れなコックとそのラクダの姿はどこにも見あたらなかった。風が、まめまめしい家政婦のように、ラクダの足跡をついたそばから消してしまうので、十分間さがして見つからなければ、それ以上さがしても見つからない可能性は高かった。テメレアは低空を飛びながら、ラクダのチリンチリンという鈴の音が聞こえないかと耳を澄ました。夜の訪れはあっという間で、いくつもの砂山の長く伸びた影が形を曖昧《あいまい》にしながら一面の闇《やみ》に溶けこんでいった。「もうなにも見えないよ、ローレンス」テメレアが悲しげに言った。星空に細い月が浮かび、白銀の光がかすかに地上を照らしていた。

「明日またさがそう」ローレンスはテメレアを慰めようとして言ったが、実際にはほとんど希望を持っていなかった。宿営まで戻ると、ローレンスはテメレアからおりて、車座になって待っていたクルーのところへ行き、黙ってかぶりを振った。そして濃い紅茶の入ったカップをありがたく受け取り、凍えた手足を焚き火で温めた。

「ラクダが惜しい」サルカイが横を向いたまま肩をすくめた。残酷だが、真実を突いていた。いなくなったジン・チャオは、誰からも好かれていなかった。彼と同郷で長年の知人であるゴン・スーでさえ、ため息をひとつついただけで、炙ったラクダのところへテメレアを連れていった。少しでも風味を変えようとしたのか、地面に掘った炉を使い、紅茶の葉で肉を燻製《くんせい》にしてあった。

一行が立ち寄った、数少ないオアシスの街は、どこも閉鎖的で、よそ者に冷たくはなかったが、とまどっていた。市場は気怠《けだる》く活気がなく、黒いふちなしのイスラム帽をかぶった男たちが、天幕の下で煙草をくゆらし、香辛料の効いた茶を飲みながら、ローレンスたちをさぐるように見つめていた。サルカイがときどき、中国語やほかの言語で、彼らと短く会話した。石敷きの街路は荒廃が進み、砂に覆われていない部分には荷車の鋲《びょう》打ち車輪が残した古い轍《わだち》が刻まれていた。一行はアーモンド、甘い干しアンズ、干しブドウなどを買い、清潔で豊かな井戸から皮袋に水を汲んで、また旅をつづけた。

ある晩、日が落ちてすぐ、ラクダたちが不穏な声で鳴きはじめた。それが前兆だった。見張りがローレンスを呼びにきたときには、すでに真っ黒な雲が垂れこめ、星々をすっかり呑みこんでいた。

「テメレアに水と食事を与えてください。これは長引くかもしれません」サルカイが言った。ふたりの地上クルーが、木製の大樽の蓋《ふた》をあけ、なかに入った大きな皮袋から、保冷のためにまぶしてあった湿ったおがくずを払いのけた。クルーたちが水を注ぎやすいように、テメレアは頭を低くして口をあけた。そして、この一週間ずっとやってきたように、一滴もこぼさず水を口に取りこみ、両顎をぴったり閉じて、もう一度頭を高く持ちあげ、ごくりと飲みこんだ。まだ荷を担いだままの一頭のラクダが目玉を剝いて、仲間から引き離されまいと、むなしい抵抗を試みていた。大男のプラットと、やはり大男の助手が、ラクダをテントの裏に引きずっていき、ゴン・スーがナイフでラクダの首を掻き切って、噴き出す血を慣れた手つきで椀に受け取った。テメレアは気乗りしないようすで食べはじめた。ラクダにはもうあきあきしているのだ。

まだテントに収容されていないラクダが十五頭も外に残っていた。グランビーが空尉候補生と士官見習いを指揮してラクダを集める一方、地上クルーがテントをしっかりと地面に固定した。さらさらした細かい砂が硬い地面から吹き払われていた。クルーたちは襟を立て、首に結んだクラヴァットを引きあげて口と鼻を覆ったが、舞い飛ぶ砂が顔や手をちくちく刺した。毛皮を内張りした厚いテントは、冷えこむ夜にはありがたかったが、ラクダたちが押し合いへし合いで入ってくると、なかで作業をつづけるのは窒息しそうなほど暑苦しかった。テメレアとクルーを守るために組み立てた、それより薄い革製の大型テントでさえ、暑くて息が詰まりそうだった。

まもなく、砂嵐がやってきた。その襲撃は、シューッとうなるような音ではじまった。雨音とは似ても似つかない、砂が絶え間なくテントを打ちつづける音が、いやでも耳にこびりついた。甲高い叫びから低いささやきへ、ふたたび甲高い叫びへ、音は予想もつかない間隔で高くなり低くなった。みなが断続的な浅い眠りしかとれず、疲労がたまっていった。テントのなかでランタンをいくつも灯すのは危険なので、限られた明かりしかない薄闇のなか、ローレンスはテメレアの頭に寄り添い、吹きすさぶ砂嵐の音に耳を傾けていた。

「砂嵐は、悪霊《あくりょう》のしわざとも言われます」サルカイの声が聞こえた。サルカイは暗がりのなかで革を裁《た》ち、鷹の足に結びつける足緒《あしお》を編んでいた。鷹はかごに入れられ、頭を翼の付け根にもぐりこませている。「耳を澄ますと、悪霊の声が聞こえます」そう言われてみれば、異国の言葉でなにかを訴えるような、悲しい叫びが風に乗って聞こえてくるような気がする。

「なんて言っているのかな」怖がるというよりおもしろそうに、テメレアが言った。テメレアは悪霊を少しも恐れていなかった。「あれは何語？」

「人間やドラゴンの言語ではありません」サルカイが大真面目に返した。士官見習いたちが耳をそばだてていた。年上のクルーも、おそらくは聞いていないふりをしているだけだった。まだ幼さの残るエミリー・ローランドとダイアーは、いつのまにか身を寄せ合い、目を見開いて話に聞き入っている。「あの声を聞きつづけた者は錯乱《さくらん》し、道を見失うのです。そうなった者が見つかることはまずありません。きれいに骨だけ残って、そのあたりに近づかぬように旅人たちに警告する役目を負うのみです」

「ふうん」テメレアが疑わしげな声を発した。「このぼくを食べ尽くすほど大きな悪魔なら、お目にかかってみたいな」確かにテメレアを食べるなら、桁《けた》はずれに大きな悪魔でないとだめだろう。

サルカイの口もとがかすかにひくっと動いた。「だから悪霊は、あえてわれわれを悩ませようとはしないのでしょう。あなたほど大きなドラゴンは、砂漠ではあまり見かけませんから」クルーたちがじりじりとテメレアに近づき、それからは誰もそばを離れようとしなかった。

「自分たちの言語を持つドラゴンの話を聞いたことある？」しばらく沈黙がつづいたあと、テメレアが声を潜《ひそ》めてサルカイに尋ねた。大半のクルーは、うとうととまどろみはじめていた。「ドラゴンは人間から言葉を教わるしかないって、ずっと思っていたんだけど……」

「ドゥルザグ語は、ドラゴンの言語ですよ」サルカイが答える。「人間には出せない音も使われています。人間がドラゴンの発音をまねるより、ドラゴンが人間の発音をまねるほうが簡単なのです」

「すごい！　ドラゴン語を教えて」テメレアが真剣に頼んだ。天の使い種《セレスチャル》には、ほかの大半のドラゴンとちがって、幼竜期が過ぎても、新しい言語をたやすく習得する能力が残されている。

「学んだところで、ほとんど役に立ちません。ごく限られた山岳部でしか使われておりません。パミール高原やカラコルム山脈のあたりです」サルカイが言った。

「かまわないよ。イングランドに帰ったとき、ものすごく役立つから。ねえ、ローレンス、もしドラゴンがドラゴンだけの言語を昔から話してきたって知ったら、英国政府はドラゴンのことをただのけだものだなんて言えないはずだよね？」テメレアが同意を求めてローレンスのほうを見た。

「そうだね、道理のわかる人間なら、誰も不用意にそんなことを言わなくなるだろう――」ローレンスはそう返したが、最後まで言いきらないうちに、サルカイのせせら笑いにさえぎられた。

「そうでしょうか。英語以外の言語を話すなんてやっぱりけだものだ、と見なされるのでは？〃けだもの〃と呼ばれずとも、注目に値しない〃生きもの〃と思われるのが落ちでしょう。それよりは、世界に冠たる格調高き言語をお磨きになるのがよろしいかと存じます」最後のひと言だけ口調が変わり、やたらお高くとまった感じになった。英国の上流階級特有の言葉つきをまねているようにも聞こえた。

「変なしゃべり方だね」テメレアがサルカイのせりふを数回繰り返したあとで、うさん臭そうに言った。「同じことをしゃべっても、どんなふうにしゃべるかで、すごくちがってくる。すごく変だよ。格調なんてどうでもいい。そんなしゃべり方を一から覚え直すなんて、とんでもなく面倒だ。そうしたいんなら、お上品に言い替えてくれる通訳でも雇えばいいんじゃないの？」

「ええ。そういう通訳を、法律家と呼ぶのですよ」と、サルカイが言い、おもしろいことを言ったと思ったのか、ひとりでクックッと笑っている。

「そんな妙なしゃべり方を習うのは、まったく感心しないね」ローレンスがにべもなく言うと、サルカイがようやくひとり笑いを止めた。「そんなことをしたって、ロンドンのボンド・ストリートに並ぶ高級商店の連中を感心させられるぐらいだ。もっとも、話す前に相手が逃げ出さなければの話だが」

「ごもっとも。キャプテン・ローレンスをお手本になされればよろしい」サルカイは軽く頭をさげながら言った。「これぞ紳士たるお方の話し方です。どんな役人でもそう認めざるをえないでしょう」

サルカイの表情は暗くてよく見えなかったが、ローレンスはなんとなくばかにされているような気がした。悪意はないのかもしれないが、それでも腹立たしい。「言葉遣いについて、ずいぶん修業してきたようだね、ミスタ・サルカイ」ローレンスが冷ややかに言うと、サルカイが肩をすくめた。

「苦しい修業でしたが、必要に迫られていました。必要こそ、最良の教師です。しかし、わたしが言葉遣いを覚えて、わたしを排除する言い訳がなくなると、人は別の理由を見つけて、わたしに権利を与えまいとしました。もしあなたがドラゴンとして、ご自分の権利を主張なさるのなら——」サルカイがテメレアに向き直って言った。「権利の獲得が遅々《ちち》として進まないものであることを思い知るでしょう。権力や利権を握る人々は、それを他人には分け与えようとしないものなのです」

ローレンスが折りにふれてテメレアに言ってきたことと大差はなかったが、サルカイの言葉の底には苦渋《くじゅう》が染みつき、いっそう説得力が生まれているように思われた。

「なぜそうなっちゃうの？　ぼくにはさっぱりわからない」テメレアはそう言ったものの、どこか自信なさげで、うろたえていた。ローレンスはそのようすを見て、自分の日頃の説得を、ほんとうはテメレアに受け入れてほしくないのかもしれないと気がついた。

「正義は、高くつきます。それゆえ、世間に正義はないに等しい。正義を手にしているのは、それをまかなえるだけの富と権力を持っている、ごくわずかな者にすぎません」サルカイが言った。

「世界にはそういう国もあるのだろうが」ローレンスは、言わずにはおれなくなった。「ありがたいことに、わが英国には法の支配があり、法によって個人の権力を抑えて、限られた者が独裁者になるのを防いでいる」

「あるいは、それによって、ただ独裁的な権利を多くの者に分散しているだけか……」サルカイが言った。「わたしには、中国の政治制度がそうまずいものとは思えないのですよ。ひとりの独裁君主がなしうる悪には限度があり、もしその君主がほんとうに悪辣《あくらつ》な人物なら、退位させればよいのです。英国の腐敗した国会議員が百人まとまって、ひとりの独裁君主の不正か、あるいはそれ以上の不正を働く可能性もあります。しかも、ひとりの君主より、追い払うのが容易ではない」

「その尺度で言うと、きみにとってナポレオンとはなんなんだ?」ローレンスは憤慨のあまり、語気荒く問いただした。政治の腐敗を嘆き、道理にもとづく改革を提唱するのはかまわない。しかし、英国の政治制度を究極の独裁政治といっしょくたにされるのを見過ごすわけにはいかない。

「それはひとりの人間として、あるいは君主として、それとも政体としてですか?」サルカイが尋ねる。「フランスという国がほかより不正の多い国であるかどうかは、寡聞《かぶん》にして存じません。平民に味方し、貴族や富裕層を不公平に扱うという選択は、無謀にはちがいありません。しかしだからといって、それが望ましくないとは思えませんし、あえて言うなら、長く維持できそうなやり方ではありましょう。あとは、あなたのご判断にお任せしますよ、キャプテン。あなたは戦場で、どちらを仲間に引き入れたいと考えますか? お国の王様ジョージ三世? それとも、コルシカ島生まれの元砲兵士官でしょうか?」

「選ぶなら、ネルソン提督だ。ナポレオンではなく、ネルソン提督こそ、称《たた》えられるべきおかただろう。天賦《てんぷ》の軍才によって国家と国王に奉仕し、独裁的にふるまうこともなく、国家と国王が与える褒美を受け取るだけでよしとなさっている」

「かくもみごとな例を出されては、反論の余地がありません。ここは口を慎みましょう」外が白みはじめ、サルカイのかすかな薄ら笑いが見えるようになった。「嵐も中休みのようですね。ちょっとラクダのようすを見てきます」サルカイは木綿《もめん》の長い襟《えり》巻きを幾重にも顔に巻きつけ、帽子を目深《まぶか》に引きおろし、手袋とマントを身につけてから、出入り口の垂れ幕をくぐって出ていった。

「ねえ、ローレンス。英国政府は、ぼくらの主張に耳を傾けてくれるよね？　だって、英国にはあんなにたくさんのドラゴンがいるんだから」サルカイがいなくなると、テメレアがほんとうに関心のある話題にローレンスを引き戻し、確かめるように言った。

「耳を傾けないはずがない」サルカイに対してわだかまりや憤《いきどお》りを残していたローレンスは、思わず口を滑らせて、つぎの瞬間、しまったと思った。疑念を払いのけたくてたまらなかったテメレアが、たちまち元気になって言った。「ぼくも、そうにちがいないって思ってたよ」こうして、サルカイの意見にテメレアの期待を削《そ》ぐだけの効果があったとしても、ローレンスの不用意なひと言がそれを台なしにしてしまった。

砂嵐はその翌日も居すわり、とうとう獰猛《どうもう》な風が大型テントの革に穴をあけた。クルーたちがテントの内側から精いっぱい穴を繕《つくろ》ったのだが、砂塵《さじん》はあらゆる隙間から衣服や食糧のなかに入りこんでおり、冷たい干し肉をかじると、ジャリジャリと不快な音がした。テメレアが時折りため息をついて、体を震わせ、肩や翼にたまった砂を小さな滝のようにこぼした。テントのなかに砂の層ができていた。

ローレンスにはいつ砂嵐がおさまったのかはっきりとした記憶がなく、待ち望んでいた静けさはじょじょに戻ってきた。こうして誰もが久しぶりの深い眠りに落ちた。ローレンスを目覚めさせたのは、テントの外から聞こえる、鷹のいかにも満足げな鋭い鳴き声だった。よろめきながら外に出ていくと、焚き火用の炉の残骸《ざんがい》の上にラクダの死骸が横たわり、鷹が生肉を食いちぎっていた。砂の襲撃でラクダの首は折れ、白い肋《あばら》が半ば剝き出しになっている。

「テントのひとつが持ちこたえられなかったのです」背後からサルカイの声が聞こえた。ローレンスにはその意味がすぐにはわからなかった。振り返ると、八頭のラクダが、飼い葉の小山のそばにつながれていた。長いあいだ拘束《こうそく》されていたせいで、どのラクダも脚が少しふらついている。そのラクダたちを避難させていたテントは、まだ立ってはいるものの、吹き寄せられた砂が片側に山をつくり、斜めにかしいでいた。だが、もうひと張りのラクダ用テントはどこにも見あたらず、地面に深く突き刺さった鉄杭《てっくい》が二本だけ残り、茶色い革の切れ端がからまって風にはためいていた。

「残りのラクダはどこに?」ローレンスのなかで恐怖がふくらんだ。すぐさまテメレアを飛び立たせ、そのあいだクルーたちも散らばって、あらゆる方角をさがしまわったが、なんの成果も得られなかった。風がすべてを吹き飛ばし、足跡も手がかりもなく、血まみれの皮一枚残っていなかった。

正午にはラクダの捜索をあきらめ、沈んだ空気のなかで宿営を撤収した。ラクダ七頭と、ラクダが背負っていた水樽までなくしたという事実が、クルー全員の心に重くのしかかった。「且末《チャルチャン》〔タクラマカン砂漠南東の街〕まで戻ってラクダを買い足せるだろうか」ローレンスはひたいの汗をぬぐいながら、サルカイに尋ねた。三日ほど前に立ち寄ったその街の通りでは、あまり家畜を見かけなかった。

「かなりむずかしいかと……」サルカイが答える。「このあたりでは、ラクダは大切に扱われ、高値で取引されます。健康なラクダを食用に売りたがらない者もいるでしょう。ここは引き返すべきではないというのがわたしの意見です」怪訝《けげん》な顔のローレンスを見て、サルカイは言い足した。「なにかあった場合に備えて、ラクダの数を多めに見積もり、三十頭にしておきました。当初の計算より多くのラクダを失っていますが、克里雅《ケリヤ》川にたどり着くまでには、なんとか調達できるでしょう。それまではラクダの消費量を抑え、オアシスで最大限にテメレア用の水を補給するしかありません。人間はできるかぎり水を控えなければ。快適とは言えませんが、実行不可能な旅ではありません」

このまま旅をつづけるという誘惑はあまりにも大きかった。これ以上時間を無駄にするのは惜しい。チャルチャンまで戻るには三日かかるし、現地に着いても、荷を運ぶ家畜を手に入れるために、また時間を要するだろう。それでは旅の日程に大幅な遅れが出てしまう。そして、家畜をさがすあいだも、ドラゴンを養うことに不慣れな町で、ましてやテメレア級の大型ドラゴンなど論外という町で、テメレアの水と食糧を調達しなければならない。確実に一週間以上は空費することになる。サルカイはこのまま先へ進んでもいいと、自信ありげに言った。だが、それでも不安は消えない。

ローレンスは、グランビーをテントの裏手に呼んで、意見を求めた。今回の任務の内容は副キャプテンにしか伝えていない。ヨーロッパの戦況について不要な心配をあおらぬように、ほかのクルーには任務についてはできるかぎり隠し、港で長々と待たされたくないので陸路で祖国に戻ることにしたと偽《いつわ》っていた。

「一週間あったら、どこかの基地に卵を移送できます」グランビーが言った。「ジブラルタル基地とか――マルタ島の前哨《ぜんしょう》部隊とか――この一週間の余裕があるかどうかが、任務の成功と失敗の分かれ目かもしれません。任務遂行のために、飢えや渇きに長期間耐える覚悟がない者などこのチームにはひとりもいませんよ。それにサルカイも、ぼくたちが干からびる危険性が高いとは言っていませんし――」

ローレンスはだしぬけに問いかけた。「なんの不安もなく、きみはサルカイの判断を信頼するのか？」

「もちろん、誰の意見よりも信頼してますよ。どういう意味でしょう？」

ローレンスは、この胸騒ぎをどう伝えればよいのかと思い悩んだ。実のところ、自分でさえ、なにを恐れているのかよくわかっていない。「わたしはただ、わたしたちの命をそっくりサルカイの手にゆだねてしまうのが気に入らないのだろうな。もう数日旅をつづけたら、いまの備蓄品だけではチャルチャンには戻れない距離まで行くことになる。もし、サルカイの判断が誤っていたら――」

「サルカイの助言はいまのところ役立ってますよね」グランビーの口調にもやや疑念が交じる。「ただ、サルカイがときどきひどく風変わりなやり方をとることは否定しません」

「サルカイは砂嵐のあいだに一度、テントから出ていた。それもかなり長いあいだ」ローレンスは声を潜めた。「砂嵐がはじまって一日が過ぎて、途中で少しおさまったときだった。彼はラクダのようすを見てくると言っていたが……」

ローレンスとグランビーは、黙ったまま立ち尽くした。「ラクダが死後どれくらいたつかを見て、判断してはどうでしょう?」と、グランビーが提案した。ふたりはラクダを調べようと戻ったが、時すでに遅く、ゴン・スーが死んだラクダに残っていた肉をつなぎ合わせて串焼きにしていた。こんがりと焼きあがったラクダからは、当然ながら、なんの手がかりも得られなかった。

テメレアに意見を求めると、「ぼくも、引き返すのは、ものすごくもったいない気がする。食事が一日おきになっても、かまわないよ」と言ってから、「ラクダしか出ないなら、よけいにね」と小声で言い足した。

「わかった。先へ進むことにしよう」ローレンスはそう言ったものの、まだどこかに引っかかりを感じていた。テメレアが食事を終えると、一行は砂嵐によってさらに単調になった風景のなかを、とぼとぼと歩みはじめた。低木も草も風で地面から引き剝がされ、色とりどりの小石も吹き飛ばされ、目を楽しませるものはすべてなくなった。動物の骨がつくる、あの恐ろしい道しるべさえ大歓迎したい気分だが、いまはコンパスとサルカイの勘のほかに、一行のたどるべき道すじを教えてくれるものはない。

乾ききった長い一日がつづいた。砂嵐がやんでも、砂漠にはあいかわらず過酷で変化に乏しい永遠の時間が流れている。歩いても歩いても、砂。足もとではつねに砂がきしんでいる。生き物の気配はなく、崩れかけた古井戸ひとつ見つからなかった。クルーの大半がテメレアに乗って、残ったラクダのわびしい列についていく。時の経過とともに、テメレアでさえうなだれてきた。クルーと同じく、いつもの半量しか水を飲んでいないのだ。

「キャプテン……」見張り担当のディグビーが、遠方を指さしながら、ひび割れた唇を動かした。「向こうに、なにか、黒いものが見えます。それほど大きくはありませんが」

ローレンスにはなにも見えなかった。午後も遅い時刻、ねじれた木や切り株のようにも見える砂漠の岩々から、奇妙な長い影が伸びはじめていた。ディグビーは若いだけあって目が利くし、見張り担当のクルーのなかではいちばん信頼できる。一行はディグビーの目を頼りに、その黒いものを目指して進んだ。そのうちに、ほかの者にも、その黒くて円《まる》いものが見えてきた。円いとはいえ、井戸の口にしては小さすぎる。先に着いたサルカイがラクダをそのかたわらに止めて、見おろしている。ローレンスもテメレアの首から滑りおり、黒いものに近づいた。なんと、ラクダとともに消えた水樽の蓋だった。この朝たたんだ宿営から、なにもない砂漠をはるばる三十マイルも渡った砂の上に、蓋はぽつんと、唐突に転がっていた。

「配給された分は食べるんだ」エミリー・ローランドとダイアーが干し肉の切れ端を食べかけのまま置くのを見て、ローレンスは言った。全員空腹をかかえてはいるのだが、乾いた口で硬い干し肉を噛みつづけるのはつらかった。ひと口の水さえ、テメレア用の水樽からわずかに分けてもらって飲んでいる。さらに一日がゆっくりと過ぎたが、井戸はまだ見つからなかった。テメレアは調理で水分が失われないように、ラクダの生肉を食べるようになった。ラクダはあともう七頭しか残っていない。

さらに二日が過ぎ、干上がって底の土がひび割れた灌漑《かんがい》用水路に行き当たった。水源には水が残っているだろうというサルカイの助言に期待をかけて、そこから北に干上がった水路をたどった。枯れきった果樹のねじ曲がった枝が、水路の両側から垂れていた。乏しくなった水を求めて水路に枝を伸ばしたにちがいない。節だらけの小さな枝は触れてみると、かさかさに乾いて軽かった。さらに水路を先へ進むと、立ちのぼる陽炎のなかに街が姿をあらわした。

けれども近づいてみれば、街ではなく、街のなれの果てだとわかった。折れた木材が砂から突き出し、風と砂とにさらされ、尖った杭と化していた。泥と小枝を固めた泥煉瓦のかけらが散らばっている。砂漠に呑みこまれた家々の名残《なごり》だ。かつてこの街を活気づかせた水路の川床にも、細かな砂が堆積《たいせき》していた。命あるものはほとんど見あたらなかったが、丘のてっぺんに砂漠に生える褐色の草がへばりついているのをラクダたちが見つけてむさぼった。

あと一日旅をつづければ、チャルチャンには引き返せなくなるだろう。「このあたりは、とりわけ水の乏しい地域のようですが、もうすぐ水源が見つかるでしょう」サルカイが折れた材木をひとかかえ、焚き火まで運んできて言った。「街が見つかって幸いでした。はるか昔の隊商路をたどっているのは間違いありません」

薪《たきぎ》がパチパチと爆《は》ぜて勢いを増し、明るく輝いた。乾燥した木材はたちまち燃えあがり、その温もりと明るさが、街の残骸に囲まれた一同の心を慰めた。しかしローレンスだけは、暗澹《あんたん》とした思いで焚き火から離れた。手持ちの地図はなんの役にも立っていなかった。道と呼べるものはなく、どちらを向いても、砂漠が果てしなくつづくばかりだ。テメレアが飢えて乾いていくのを見ていると、我慢も限界に達しそうになった。「心配しないで、ローレンス。ぼくは元気だよ」とテメレアは請《う》け合うが、残っているラクダをついつい横目で見ずにはいられない。日に日に疲れやすくなり、砂の上にしっぽを引きずるようになった。そんな竜の姿を見て、ローレンスは心が痛んだ。テメレアは飛ぼうともせず、ラクダのあとから大儀《たいぎ》そうに歩き、しょっちゅう横たわっては体を休めていた。

夜明けとともに引き返すことを決めれば、テメレアはチャルチャンの街で水を飲める、食事にもありつける。テメレアに水樽を積み、一頭のラクダも肉にして積みこみ、空を飛んでいくこともできるだろう。テメレアの積み荷を軽くし、必要な食糧と水を与えれば、二日でチャルチャンに着くはずだ。乗せていくのは成人前のクルーたち――エミリー・ローランドとダイアーと士官見習いたちにしよう。陸路で戻る一行に彼らを入れると、全体の歩みがのろくなるだろう。しかし、テメレアに乗せれば、体が小さいだけに、携行する水や食糧も大人より少なくてすむ。とはいえ、残りのクルーを残していくのは気が進まなかった。計算してみると、残る四頭のラクダが運んでいる水は、陸路でチャルチャンに戻るのにぎりぎりの量しかない。それも一日に二十マイルを歩けたとしての計算なのだ。

さらに、チャルチャンに着いたら着いたで、金銭面の問題もある。たとえラクダを見つけられたとしても、大量のラクダを購入できるほどの現金は持っていない。だが法外な買い値を示せば、その値につられて、思いきって借用証を受け取る者があらわれるかもしれない。あるいは、金銭の代わりに労働力を提供する。砂漠の街に暮らすドラゴンはいないようだから、テメレアがすみやかに片づけると喜ばれる力仕事はたくさんあるだろう。最悪の場合は、長剣のつかから金や宝石をはずして渡す。あとで別のものを嵌《は》め直せばいい。買い手さえ見つかれば、あの深紅の壺を売ってしまってもかまわない。チャルチャンまで引き返して旅にどれくらいの遅れが生じるかは、神のみぞ知るだ。数週間か……一か月とはいかないだろう。これはちょっとした賭《か》けでもある。ローレンスは見張りの当直を務め、決心がつかず悶々《もんもん》としたまま眠りにつき、夜明け前、グランビーに揺り起こされた。「テメレアがなにか聞きつけました。馬じゃないかって言ってます」

廃墟《はいきょ》の街のはずれにある、なだらかな丘の頂から朝日がかすかに差し、その頂に毛足が長く脚の短い小馬に乗った男たちの一団がいた。宿営とはかなり距離があいている。しかしローレンスとグランビーが監視しているあいだにも、さらに五、六人が小馬で丘を駆けあがってきて、最初の一団に合流した。三日月形のサーベルを手にした者も、弓を持つ者もいる。「テントをたたんで、ラクダの脚《あし》を縛れ」ローレンスは険しい顔つきになって命じた。「ディグビー、ローランドとダイアーと士官見習いたちで、ラクダのそばに待機してくれ。ラクダをぜったいに逃がすな」つぎは、グランビーのほうを向いて言った。「みなで備蓄品を囲んで陣を組め。あの壊れた壁を背に」テメレアが後ろ足立ちになっていた。「やつらと戦うの？」警戒するというより、やる気満々のようすで尋ねる。「おいしそうな馬だ」

「戦闘態勢にあることは示すが、こちらからは攻撃しない。まだ威嚇《いかく》してきたわけじゃないからな。とにかく、交戦するより手を貸してもらうほうがはるかにいい。白旗を掲げて近づいてみよう。サルカイはどこにいる？」

サルカイが姿を消していた。鷹ばかりか、ラクダまで一頭足りなくなっている。誰もサルカイが出ていく姿を見ていなかった。ローレンスは衝撃に打たれた。サルカイを疑っていたにもかかわらず、裏切られたという思いは強く、冷ややかな怒りと恐怖が同時に湧きあがってきた。いまは、ラクダが一頭盗まれただけでもチャルチャンには引き返せなくなるような、過酷な状況だ。ひょっとして、昨夜サルカイが焚き火を赤々と燃やしていたのは、賊《ぞく》たちに合図を送る狼煙《のろし》代わりだったのか。

ローレンスはなんとか感情を抑えて口を開いた。「よし、決めた。ミスタ・グランビー、クルーのなかに中国語が少しでもわかる者がいたら、わたしといっしょに白旗を掲げて出ていかせよう。なんとかこちらの意思を伝えなければ」

「あなたを行かせるわけにはいきません」グランビーがローレンスを守ろうと即座に返した。だが、この問題について、これ以上の議論は不要だった。なぜなら、いきなり男たちが馬を返し、丘の向こう側へ駆けおり、緊張から解放されたような小馬たちのいななきとともに消え去ったからだ。

「ふふん」テメレアががっかりしたようすで、前足を地面におろした。クルーたちはすぐには警戒を解かず、しばらく手持ちぶさたに立っていたが、馬に乗った男たちは二度とあらわれなかった。

「ローレンス」グランビーが小声で言う。「やつらは、このあたりに詳しいはずです。もし襲撃を本気で考えていて、まともな知恵があるやつらなら、いったんは引きあげて、夜を待つでしょう。今夜もここで野営したら、奇襲をかけられるかもしれません。テメレアに危害を加える可能性もあります。やつらを、このまま逃がさないほうがいいと思うんですが」

「それよりも気になるのは、あの馬たちが、たいして水を積んでいなかったことだな」ローレンスは言った。

こうして、砂に浅く残されたひづめの跡を慎重にたどり、西へ、南へといくつか砂丘を越えた。すると、かすかな熱風が頰《ほお》に吹きつけた。ラクダがじれったそうな低いうなりをあげて、勝手に足を速めた。こうしてまたひとつ砂丘を越えると、突然目の前にポプラの緑を頂く丘があらわれ、木々が一行を手招きするようにそよそよと葉を揺らしていた。

周囲を丘に囲まれた窪地にあるそのオアシスは、これまでにも何度か出会ったことのある、塩気のある、ほとんどぬかるみと言ってもよい小さな池だったが、一行にとってはたとえようもなくありがたかった。先刻の馬に乗った男たちが、水辺の向こうに集まっていた。テメレアが近づくと、小馬たちは不安そうに足踏みし、目玉を剝いた。男たちに交じってサルカイの姿があり、いなくなったラクダを連れていた。サルカイは悪びれるようすもなく、ラクダを引いてローレンスに近づいた。「あなたがたを見かけたと聞いておりました。彼らのあとをつけようとお考えになってよかった」

「よかっただと？」

その言葉にサルカイが一瞬固まり、ローレンスを見つめ返し、口の端をかすかにゆがめた。それから「こちらへ」と言って、まだ剣やピストルをてんでに握っているローレンスたちを、いびつな形をした池のふちに沿って導いた。草に覆われた丘にへばりつくように、泥煉瓦を積みあげたドーム形の建造物が建っていた。周囲の黄ばんだ草と同じ薄い麦わら色をした建物で、ローレンスがひとつだけあるアーチ形の開口部からなかをのぞくと、反対側の壁に小さな窓があり、そこから差しこむひとすじの光が建物のほぼすべてを満たす黒っぽく輝く水の表面できらきらと躍っていた。「テメレアが水を飲めるように、水飲み場《サルドバ》の入口を広げてかまいません。屋根を崩さないように、それだけは注意してください」サルカイが言った。

ローレンスは、オアシスの向こうにいる男たちを監視する見張りを立て、テメレアに背後を守らせ、武具師のプラットにサルドバの開口部を広げる作業を命じ、長身の空尉候補生二名を助手としてあてがった。三人は頑丈な槌《つち》と鉄梃《かなてこ》を使って、でこぼこした開口部の両脇から泥煉瓦をいくつか取りはずした。開口部がほどよい大きさに広がると、テメレアがさっそく大喜びで鼻先を突っこんだ。がぶがぶと飲みこまれた大量の水が喉を通っていくのがはっきりとわかる。テメレアが水をしたたらせながら鼻づらを持ちあげ、先の割れた細長い舌でしずくまで舐《な》めとった。「ああ、なんて冷たくておいしいんだろう」

「冬のあいだは、ここで氷を保存するのです」とサルカイが言う。「サルドバの大半は使われないまま放置されているのですが、ここならまだ使われているかもしれないと思ったのです。あの男たちは、于田《ユーティエン》の者たちです。われわれはいま、ユーティエンを通って和田《ホータン》につづく道にいます。四日も歩けば、ユーティエンに着くでしょう。もう食糧を切り詰める必要はありませんから、テメレアには好きなだけラクダを食べさせてください」

「ありがとう、了解した。だが、用心はしたい」ローレンスは言った。「あの男たちに、小馬を何頭か売ってくれないか訊いてくれないか。きっとテメレアも目先が変わって喜ぶだろうから」

一頭の小馬が脚を痛めており、持ち主が中国銀貨五両で売ろうと申し出た。「非常識な値ですよ。ここからユーティエンまで連れて帰れないような馬です」サルカイが忠告した。しかしローレンスは、テメレアが嬉々《きき》として小馬を引き裂いて食べるのを眺め、大金を払っただけの価値はあったと満足した。小馬の売り手も、テメレアと同じくらいにその取引を喜んで、ほかの男の馬の後ろにまたがった。そのふたりと、ほかの四、五人がすぐにオアシスをあとにし、土ぼこりを巻きあげて南へ駆け去った。残りの男たちはオアシスにとどまり、枯れ草で小さな焚き火をし、湯を沸かして茶を淹《い》れながら、池の反対側にいるテメレアをちらちらと監視した。テメレアはポプラの木陰《こかげ》に寝そべってまどろみ、ときどき鼻を鳴らす以外は静かだった。男たちはテメレアから自分たちの小馬を守ろうとしているだけかもしれないが、気前よく金を払ったせいで、つけ狙われる可能性もある。そこでローレンスは、クルーたちにはしっかり見張りをつづけるように、サルドバにはかならずふたりひと組で行くようにと厳命した。

だが結局、日が翳《かげ》りはじめると、男たちは荷物をまとめてオアシスを出ていった。小馬の巻きあげる土ぼこりが、濃さを増していく夕闇のなかを霧のように漂い、男たちの進む道筋を示していた。ローレンスもようやくサルドバまで行って、へりにひざまずき、冷たい水を両手ですくって飲んだ。水は清らかで、泥煉瓦の土臭さをかすかに感じたが、これまで砂漠で味わってきたどんな水よりも澄んでいた。濡れた両手を顔と首の後ろにあてがうと、肌に付着した土で手のひらが黄褐色に染まった。もう数杯両手ですくい、最後の一滴までありがたく味わってから、立ちあがり、テントを設営中の野営地を見渡した。

水樽はふたたび満杯にされて重くなり、それを喜ばないのはラクダたちだけだったが、ラクダたちにも楽しみが待っていた。そのせいか、荷おろしのあいだも、いつものように唾《つば》を吐いたり脚を蹴りあげたりせず、おとなしくつながれたまま、小さな池の周囲に生える低木のほうへ、そのやわらかそうな緑の葉のほうへ、しきりに頭を傾けていた。クルーも活気を取り戻し、夕暮れの涼しさに誘われて、年少者たちが枯れ枝をバットに見立て、丸めた靴下をボール代わりに、クリケットのまねごとで遊びはじめた。年上のクルーのあいだでは、水よりも濃い液体の入った水筒《すいとう》が――もちろん、砂漠に入る前に酒はすべて捨て、代わりに水を詰めるように命じておいたのだが――ひそかに回されているにちがいない。夕食も心弾むものだった。干し肉が穀物や、ゴン・スーが水辺で見つけた野生玉ねぎなどと煮こんであり、いつもよりはるかに口当たりがよかった。

サルカイは配給された夕食を受け取ると、みなからやや離れた場所に小さなテントを張った。そして誰とも口をきかず、自分の鷹だけに小声で話しかけていた。鷹は警戒心の薄い丸々と肥えた野ネズミを二匹捕らえて食事をすませ、いまは目隠しをされて、サルカイの手におとなしくとまっている。

サルカイが孤立するのは、本人が望んでいるから、とばかりは言えなかった。ローレンスは、クルーたちの前でサルカイへの疑いを口にしたわけでなかったが、その朝、彼がいなくなったときの怒りは、おのずとチーム全体に伝わっていた。いや、あんなふうに姿を消しては、誰だろうがよく思うはずがない。最悪の想像をすれば、サルカイは意図的に全員を見捨てたのかもしれない。馬に乗った男たちがたまたま足跡を残していたから、オアシスまでたどり着けたが、砂漠のど真ん中で立ち往生する可能性は充分にあった。もう少しましな想像をすれば、サルカイは、ラクダ一頭と、自分ひとりなら長期間持ちこたえられるだけの水を確保して、身の安全をはかったのかもしれない。オアシスを見つけたあとに一行のもとへ戻ってきたかもしれないが、偵察のために出ていったと言われても、すぐには信じがたいところがあった。誰にもなにも告げず、誰も連れず、たったひとりで……？　嘘《うそ》を立証できるわけではないが、どうにも納得がいかない。

今後サルカイをどうするのかも、同じくらい頭の痛い問題だった。案内役なしでは砂漠を旅することはできないが、信用ならない人間と旅をつづける気にもなれない。とかといって、どうやって別の案内役を見つければいいのかもわからない。とりあえず、決断を下すのはユーティエンに着いてからにしよう。たとえサルカイが自分たちを砂漠に放り出すつもりだったとしても、サルカイを同じ目に遭わせて報復するつもりはなかった。少なくとも、確かな証拠がないうちは……。そこで、とりあえずはサルカイをひとりにさせておき、クルーが寝支度《ねじたく》をはじめると、ひそかにグランビーと相談し、ラクダの警備にあたる人数を倍に増やし、みなには、あの小馬に乗った男たちが戻ってくるのを警戒してのことだと伝えておいた。

日没と同時に、蚊が飛び交いはじめた。耳をふさいでも、途切れることのない羽音を閉め出すことはできなかった。そんなとき突如《とつじょ》聞こえた怒声は、まごうかたなき人間の声で、最初は心安らぐ思いさえした。だがつぎに聞こえたのは、ラクダがいななき、暴れる音だった。そのつぎに聞こえてきたのは、宿営地に駆けこんでくる馬のひづめの音だ。馬上の男たちが、ローレンスが指示を叫ぶ声を掻《か》き消してしまうほど大声でわめき、手にした大枝を地面に引きずり、野営の残り火を消していった。

テメレアがテントの裏手で起きあがって吼《ほ》えた。その声に驚いたラクダが脚を縛っている紐《ひも》から逃れようとますます大暴れした。小馬が何頭か恐怖にいななきながら逃げだした。ローレンスの耳に四方からピストルの発射音が聞こえた。銃口の白い閃光が闇のなかで目に痛いほどまぶしい。「やめろ、無駄撃ちするな！」ローレンスは怒《ど》鳴《な》って、士官見習いのアレンの腕をつかんだ。真っ青な顔をしたアレンが、震える片手にピストルを握ったまま、よろめきながらテントから出てきたところだ。「銃をおろせ、おろさないと――」ローレンスが手からこぼれ落ちたピストルを受けとめるのと同時に、アレンの体がぐにゃりと地面に倒れた。肩から血が噴き出している。

「ケインズ！」ローレンスは叫び、竜医の両腕のあいだに、失神しているアレンを押しこんだ。剣を抜いてラクダのほうに駆けつけると、見張りのクルーたちがおぼつかない足で立ちあがろうともがいていた。酔っぱらってうたた寝していたところをいきなり起こされ、うろたえているのだ。

地面には酒を入れるスキットルがふたつ転がり、カタカタと空っぽの音をさせている。ディグビーが一頭のラクダを後ろ足立ちにさせまいと、ぶらさがるように、引き綱にしがみついていた。使いものになるのはディグビーだけだ。といっても、少年のひょろりとした体では、ラクダを抑えつける充分な重さがない。ラクダに揺さぶられ、伸び放題の櫛《くし》を入れていないブロンドがばさばさと揺れている。

そばで夜盗がひとり、恐怖に逆上した馬から振り落とされ、なんとか立ちあがろうとしていた。もしその男がラクダの綱を切ってしまったら、ラクダは混乱し、恐怖に駆られて、宿営地から飛び出していくだろう。それこそ夜盗の思うつぼだ。馬がある彼らは、あとで散らばったラクダを集め、このオアシスの周囲の起伏に富んだ砂丘のどこかに姿を消すだけですむ。

見張りのひとり、空尉候補生のサリヤーが片手でピストルをぎこちなく抜いた。撃鉄《げきてつ》を起こそうとしながら、もう片方の手でむくんだ目をこすっている隙を突いて、男がサーベルを振りあげ、襲いかかってきた。そこに突然、サルカイが割りこみ、サリヤーからピストルを引ったくって夜盗の胸に一発撃ちこみ、もう片方の手で懐《ふところ》から長いナイフを抜いた。ほかの夜盗が馬上からサルカイの頭に斬《き》りかかったが、サルカイはさっと身をかがめ、冷静に馬の腹を切り裂いた。馬が激しい悲鳴とともに脚をばたつかせて倒れると、馬の下敷きになった男も馬に劣らぬ悲鳴を発した。ローレンスの抜いた剣が振りおろされ、さらにもう一度振りおろされ、馬と男を黙らせた。

「ローレンス、ローレンス、こっち!」テメレアが闇のなかから呼びかけながら、備蓄品のテントに突進した。あたりに散らばった焚き火の燃えさしがかすかな明かりとなって、テントのふちでうごめく人間や、鼻息も荒く後ろ足立ちになる馬の影を浮かびあがらせた。テメレアがかぎ爪を振りあげてテントを引き裂くと、崩れたテントがひとりの夜盗にからみついた。たちどころに、夜盗たち全員が馬で逃走しはじめた。彼らが踏み固められた野営地からさらさらの砂の丘まで逃げきると、高らかなひづめの音が静かなくぐもった音に代わり、ふたたび蚊の羽音が聞こえるようになった。

ローレンスたちは夜盗五名、馬二頭を仕留めた。だが、サーベルで腹部を突かれた空尉候補生のマクダノーが、急ごしらえのベッドに転がって、声もなく喘《あえ》いでいた。士官見習いのアレンも怪我《けが》を負った。アレンと同じテントにいたハーレーが、すぐそばを馬のひづめの音が駆け抜けたとき、パニックに陥って、ピストルを発射したのだ。めそめそと泣くハーレーを見て、竜医のケインズがいつものことながら、ぶっきらぼうに言った。「泣くな。おまえの目はじょうろか。ま、射撃の腕を磨くんだな。あんな撃ち方じゃ、誰も仕留められんだろうよ」それからハーレーに包帯にする布を裁断させた。

「マクダノーはしぶといやつだが」ケインズはローレンスに耳打ちした。「助かるなんて、気休めは言わないでおく」夜明けの数時間前に、マクダノーはゴロゴロと喉になにかが引っかかるような喘鳴《ぜんめい》とともに息絶えた。池から少し離れた、ポプラの木陰になる乾いた地面にテメレアが穴を掘った。砂嵐によって遺体が暴かれることのないように、かなり深い墓穴にした。夜盗たちの遺体はもっと浅い穴にまとめて埋めた。

夜盗たちが仲間五名の命と引き換えに奪っていったものは、ごくわずかだった。料理用の深鍋が数個、穀物ひと袋、毛布が数枚。そして、ひと張りのテントが、テメレアの一撃でずたずたになった。

「また襲ってくることはないとは思いますが、できるだけ早くここを発ったほうがよいでしょう」サルカイが言った。「もしあの連中がわれわれに関する誤った噂をユーティエンに伝えようと考えているなら、あちらでもありがたくない歓迎を受けるかもしれませんから」


いったい、サルカイをどう見ればよいのか、ローレンスは思い悩んだ。類を見ないほど鉄面皮《てつめんぴ》の裏切り者なのか、類を見ないほど行動が首尾一貫しない人物なのか。いや、そもそも、彼に疑念を持つことが間違っているのだろうか。そこらじゅうで馬やラクダが暴れ、賊が略奪行為におよぼうとしているとき、サルカイはつねにローレンスのそばで賊と戦っていた。臆病者であるはずがない。こっそり身を隠すか、あるいは賊どもに好きなようにやらせ、混乱に乗じてラクダを一頭かすめ取るほうがよほど簡単だった。とすると、やはり剣を手にして戦ったサルカイは勇敢な人物……? いや、それも釈然《しゃくぜん》としない。

とはいえ、サルカイがさらなる計略をめぐらすとは思えなかった。少なくとも、いまはその必要がない。彼が請け合ったように、あと四日で無事にユーティエンに到着できれば、それでいい。だが事がうまく運ばない場合も想定し、クルーを飢えさせないように用心する必要はあるだろう。幸いテメレアが死んだ馬を二頭とも腹に詰めこんだので、二日間は残ったラクダに手をつけずにすむはずだった。

こうしてオアシスを発ち、三日目の夕刻、偵察に飛び立ったテメレアとローレンスは、細く流れるケリヤ川を遠くに発見した。沈みゆく夕日を浴びて銀白色に光る川は、砂漠を突っ切って流れ、その岸沿いに青々とした緑の帯があった。

その夜、テメレアは大喜びでラクダを食べ、人もたっぷりと水を飲んだ。翌朝歩きはじめてほどなく、一行は農地に行き当たった。砂から畑を守る境界として畑を四方から囲むように大麻草が植えられ、人の背よりも高く伸び、風にそよいでいた。砂漠の大きな街に続く街道沿いには豊かな桑《くわ》の木立《こだち》が続き、心地よい風に乗って葉ずれの音が聞こえてきた。

ユーティエンの市場《いちば》は四つの区画に分けられ、そのひとつに、華やかに彩色された店舗を兼ねる荷馬車がひしめいていた。荷馬車を引くラバや毛足の長い小馬も、色とりどりの羽根で飾られている。別の区画には、ポプラの枝を骨組に風通しのよい綿布を張った露店が並んでいた。ぴかぴか光る装身具をつけた小型ドラゴンたちが、売り手といっしょにテントのそばで丸くなっており、頭をもたげて物珍しそうにテメレアを見つめた。テメレアも興味深そうに、そして物ほしげに、眼をきらりと光らせてドラゴンたちを見つめ返した。「ただのブリキとガラス玉だよ」自分も似たような装身具がほしいとテメレアが言い出す前に、ローレンスは言った。「なんの価値もないしろものだ」

「ふふん。とってもすてきだけどね」テメレアは残念そうに言い、王冠に似せた派手な装身具の前にたたずんだ。紫と深紅のガラス玉を飾った真鍮《しんちゅう》細工の王冠もどきには、ごたいそうにビーズの長い垂れ飾りまでついていた。

オアシスにいた男たちと同じように、市場の人々の顔つきも、東洋人よりオスマン人に近かった。肌は砂漠の日差しで赤褐色に焼けている。手と足先以外をヴェールで覆ったイスラム教徒は別として、ほかの女たちは顔を隠すこともなく、男たち同様、きらびやかな絹糸の刺繍をほどこされた四角い帽子をかぶり、好奇心もあらわに黒い瞳でローレンスたちを見つめていた。クルーたちも女たちに引けをとらぬ興味しんしんのまなざしを返していた。ローレンスは振り返り、よだれを垂らさんばかりの若手射撃手《ライフルマン》のダンとハックリーをにらみつけた。ふたりは疚しげな顔ではっと手をおろした。道の反対側にいるふたりの娘に投げキスを送ろうとしていたらしい。

遠い土地から運ばれてきた交易品が、市場にあふれていた。粗布《あらぬの》の袋に詰めて地面に置かれた、穀物や珍しい香辛料やドライフルーツ。反物《たんもの》になった絹地には、ありふれた花柄とはちがう、色鮮やかな独特の模様が織りこまれている。真鍮の飾りをあしらった衣装箱は、宝物殿の宝のように積みあげられて、輝く壁をつくっている。露店の軒先《のきさき》できらめく銅製の水差し。円錐《えんすい》形を逆さにしたような白い水瓶が、売り物の水を冷たく保つため、店先の土に半分だけ埋められていた。木製の台に短剣をずらりと並べたさまは壮観だった。剣のつかに貝や宝石などで精緻《せいち》な細工がほどこされ、湾曲した長い刃はいかにも切れがよさそうだ。

ローレンスたちは、最初こそ市場通りをおっかなびっくりで進み、物陰に目を光らせていたが、そのうち、賊がふたたび奇襲してくるのではないかという心配は取り越し苦労だとわかった。地元の人たちは露店からにこにこと手招きし、ドラゴンたちでさえ呼びこみの声をかけてきた。横笛のような澄んだ竜の声にテメレアが時折り立ち止まり、サルカイに教わりはじめた片言のドラゴン語、ドゥルザグ語を試していた。

あちこちの露店から出てきた中国系の商人たちは、通り過ぎるテメレアに敬意を払って地面に伏し、このドラゴンの守り人《もりびと》はいったい誰なのかとさぐるように、ローレンスたちを見あげた。

サルカイが路地に迷うこともなく一行を率いて、店番のドラゴンたちがいる区画を通り抜け、美しく彩色された小さなモスクを回りこむように進んだ。モスクの前の広場では、ひしめく人間のほかに数頭のドラゴンまでいて、やわらかな礼拝用の敷物にひたいをつけて祈っていた。

こうして一行は、市場のはずれにある、テメレアも宿泊できる大型の快適なドラゴン舎にたどり着いた。高い木製の支柱に粗布の天幕が張られ、ドラゴン舎のある敷地全体がポプラの巨木の陰になっていた。ローレンスはしだいに乏しくなってきた手持ちの銀貨から少しだけ使って、テメレアの夕食用の羊と、人間のために羊肉と玉ねぎと甘い干しぶどうが入った贅沢なピラフとナン、薄緑色の皮ごと厚く切り分けられた、みずみずしいスイカを手に入れた。

「明日、残りのラクダを売り払ってかまいません」と、サルカイが言った。夕食のわずかな残り物が片づけられ、クルーたちはドラゴン舎のまわりに敷物やクッションを敷いてうとうとしていた。サルカイは、ゴン・スーがテメレアの食事を調理するときに捨てた羊の内臓を細かくして鷹に食べさせている。「ここから喀什《カシュガル》〔タクラマカン砂漠西端の、古くからシルクロードの交易地として栄えた街〕までは、オアシスどうしがさほど遠くありません。一日分の水を運ぶだけで充分でしょう」

これほどうれしい知らせはなかった。ローレンスは久しぶりに身も心も安らぎ、無事に砂漠を渡れたことに心から安堵《あんど》し、サルカイのことも大目に見ようかという気持ちになった。別の案内役を見つけるのは時間がかかる。そのうえ、ドラゴン舎のまわりのポプラの木々がかすかに金色を帯びて、葉ずれの音が、時間がないとざわめく声のように聞こえる。秋がそこまで迫っているのだ。「少し歩かないか」ローレンスは、サルカイが夜に備えて鷹を鳥かごにおさめるのを見とどけて、声をかけた。ふたりは昼間来た道を少し戻り、市場の通路に入った。商人たちは後片づけの最中で、さまざまな乾物を入れた粗布の袋の口を閉じていた。

通りにはまだにぎやかに人が行き交っていたが、英語の会話が誰かに聞かれる心配はなかった。ローレンスは適当な角で立ち止まり、サルカイを振り返った。サルカイは礼儀正しくおだやかに、ローレンスの言葉を待っていた。「わたしがなにを言いたいのか、すでに察しているのならよいのだが」と、ローレンスは切り出した。

「申し訳ありません、キャプテン。ご説明いただかなくては、わかりかねます」サルカイが答えた。「けれども、そうしていただくことがなによりかと存じます。誤解は避けねばなりませんから。ただ、それを言うのをためらわれる理由が、わたしには皆《かい》目《もく》見当もつきません」

ローレンスは押し黙った。サルカイの言葉にはまたも狡猾《こうかつ》な、こちらを嘲笑するかのような響きがあった。サルカイは鈍い男ではないのだから、この四日間、同行のほぼ全員から避けられていたことに気づかなかったはずがない。「それならば、まずはこちらから言うとしよう」と、ローレンスは声を強めて言った。「いままでのところ、わたしたちは、きみのおかげでここまでたどり着けた。感謝していないわけではない。しかし、きみが砂漠のまんなかでひと言もなく、わたしたち一行を放置したことに、心の底から腹を立てている」

サルカイが眉を吊りあげるのを見て、ローレンスはつづけた。「言い訳は聞きたくない。どうせ証拠もなにもないのだから、言い訳を聞いても意味がない。それより約束してもらおうか。二度とわたしの許可なく隊から離れないということを。これからは、不用意に出ていくことは許されない」

「そうですか、ご不満をいだかせたことは謝ります」ややあって、サルカイが考えをめぐらすように言った。「あなたが、義理堅さゆえ、失敗だったとお考えになる契約を無理に引き延ばすことを、わたしは望んでおりません。あなたのご要望ならば、ここでお別れしてもいっこうにかまいません。一週間か二週間、もしかすると三週間かかるとしても、いずれは地元の案内人が見つかりましょう。案内人をさがすのに要する日数など、たいした問題ではありますまい。なぜなら、たとえ三週間かかろうとも、アリージャンス号を使うよりは確実に早く、お国に帰りつけるからです」

ローレンスはその言い方にかっとなった。サルカイの答えは、こちらが彼に求めた約束を巧みにはぐらかしていた。三週間だろうが一週間だろうが、無駄に費やすわけにはいかない。しかも、その日数が楽観的な見通しかもしれないことは、ローレンスにも充分予想がついた。自分たちは、中国語よりもオスマン語に近そうに思える地元の言語がまったくわからない。この土地の習慣も知らない。そもそもいま、中国が領土だと主張する地域にいるのか、それともどこかの小国にいるのか、それすらもわかっていないのだ。

ローレンスは怒りを、新たな疑念を、そして口を突いて出そうになる拙速《せっそく》な返答をぐっと呑みこんだ。が、そのすべてが喉もとにいやな感じを残した。「いや、それは必要ない」ローレンスはきっぱりと言った。「時間を一刻たりとも無駄にしたくない。それはきみもよくわかっているはずだ」

サルカイの顔はまったく変化しなかった。しかし、その反応のなさがかえって不自然だった。この目はなにかを知っている目だ、とローレンスは思った。まるでこちらが火急の用件で急いでいることを見抜いているかのように……。ローレンスはいまもレントン空将から届いた命令書を旅荷のなかに大切にしまっている。が、ふと、最初にあの手紙をサルカイの手から受け取ったとき、赤い封蠟《ふうろう》がやわらかくなり、印章が不鮮明だったことを思い出した。長い距離を移動するあいだに、封蠟をこじあけて手紙を読み、また封をしておくことなど、たやすくできたのではないか。

しかし、サルカイは、ついに最後まで表情を変えることなく、ただ一礼し、控えめな口調で「仰《おお》せのとおりに」とだけ言い残し、ドラゴン舎へ戻っていった。

# 4 峠の山賊ども

赤っぽい岩肌をさらす山脈は、砂漠の平原をそのまま折りたたんで立ちあげたかのようだった。白と黄土色が横縞をなす崖は、なだらかなふもとなど存在しない絶壁だった。そして、ひたすら遠かった。テメレアが一行を乗せてまる一日飛びつづけても、山脈はいっこうに近づかず、それどころかますます遠くへ逃げていくように思われた。ところが突然、峡谷の岩壁が両側から迫ってきた。それからわずか十分ほどの飛行で砂漠が遠くに消え去り、赤っぽい山脈と見えたものが実は丘陵地帯だったとわかった。丘陵地帯のさらに奥に、雪を頂く山々が屹立《きつりつ》していた。

一行は丘陵地帯の広々とした草地に宿営を張った。高い山々に守られたような場所で、乾いた地面に海を思わせる青緑色の草がまばらに生え、そこに小さな黄色い花が、まるで無数の旗のように咲き乱れていた。鮮やかな房状の赤い毛をひたいに垂らした、角のある黒い牛たちが、警戒のまなざしで一行を見つめている。サルカイが円錐形の屋根を草で葺《ふ》いた小屋で、牧夫と牛の値段を交渉した。夜になると、白い雪がちらちらと降りはじめ、闇のなかできらめいた。テメレアの飲料水にするために、大きな皮製のバケツのなかで雪が溶かされた。

ときどきはるか遠くから、ドラゴンの呼びかけ合う声がかすかに聞こえてきて、テメレアが冠翼を逆立てた。あるときは二頭の野生ドラゴンが互いのしっぽを追いかけながら、らせんを描いて上昇し、甲高い歓喜の叫びをあげて、また山の裏側へ飛び去っていくのが見えた。昼間の照りつける日光から目を保護するために、サルカイが一行全員にヴェールをつけさせた。テメレアも例外ではなく、薄くて白い絹の帯を目隠しのように頭に巻き、なんとも珍妙な姿になった。しかし、予防しているにもかかわらず、一行全員の顔が最初の数日で赤く日焼けした。

「イルケシュタム峠〔現在の中国とキルギスタンの国境にある峠〕を越えるには、テメレアに食糧を積みこむ必要があるでしょう」と、サルカイが言った。そしてある日、荒れ果てた古い要塞のそばに野営の準備をすませたあと、サルカイだけどこかに出かけ、一時間ほどで、豚の小さな群れと地元の男たち三人を連れて戻ってきた。豚は足の短い品種で、どれもよく太っていた。

「生きた豚を連れていくんですか？」それを見たグランビーが目を丸くして言った。

「連中は空の上で声が嗄れるまでキーキー鳴いたあげくに、恐怖で死んじまいますよ」

だが不思議なことに、豚たちは朦朧《もうろう》としており、テメレアの存在にも無関心だった。それには、テメレアのほうがとまどった。テメレアが頭を近づけ、鼻でそっと押しても、豚はあくびをし、雪のなかにどすんと尻もちをついただけだった。別の一頭は要塞の煉瓦壁に頭を押しつけ、壁抜けを試みるようにぐいぐいと押し進むので、豚の番を任された者は何度も引き戻さなければならなかった。「餌に阿片《アヘン》を混ぜました」ローレンスの疑わしげな態度を見て、サルカイが言った。「野営を張ったあと、薬を抜く時間をもうけ、テメレアにはわれわれが休んだあとに豚を食べてもらいます。それから残りの豚に、また薬を与えるというわけです」

ローレンスは、サルカイのいかがわしげなやり方をすぐには信用できず、最初の豚を食べるテメレアをじっと見守った。豚は見るかぎりはしらふに戻っており、激しく抵抗しながら絶命した。テメレアも、食事をすませたあと、でたらめな円を描いて飛びまわるようなことはしなかった。とはいえ、いつもよりもかなり深い眠りに落ち、鳴り響くような大いびきをかいた。

イルケシュタム峠ははるか高みにあり、いったん雲の上に出てしまうと、下界はなにも見えなくなった。見えるのは、近くにある山々の頂だけだった。テメレアが飛行中にときどき呼吸が荒くなるので、ローレンスは場所さえあればかならずおりて、休みをとらせた。テメレアはひと息つき、雪上にドラゴンの体の輪郭を残して、また飛行を再開した。テメレアには一日じゅう、警戒しているような妙な気配があった。飛行中もよくあたりを見まわし、空中停止《ホバリング》しながら、落ちつかなそうに低いうなりを発した。

峠を越えると、一行はふたつの巨大な頂にはさまれて風から守られた谷間におり立ち、絶壁の下にテントを張った。地面に雪はなく、焚き付け用の木材とロープを利用して間に合わせの囲いをつくると、そこに豚を追いこみ、自由に歩きまわらせた。テメレアは自分に与えられた区画を何度か行きつ戻りつし、ようやく身を落ちつけたが、それでもまだしっぽをピクピク震わせていた。ローレンスは茶のカップを手に、テメレアのそばにすわった。「はっきりなにかが聞こえるわけじゃないんだけど……」テメレアがいぶかしむように言った。「でも、なんだか聞こえるような気もするんだ」

「ここは野営するのに理想的な地勢だ。少なくとも奇襲をかけられることはない。気のせいで眠れなくなってはいけないよ。ちゃんと見張りを立てたからね」

「山のかなり高いところまで来ているので……」と、予期せぬサルカイの声がして、ローレンスははっとした。サルカイの足音はまったく聞こえていなかった。「息苦しさを感じているだけかもしれませんよ。空気が薄くなっていますから」

「ああ。だから、息が苦しいの？」テメレアがそう言ったあと、ふいになにかに気づき、首を高く持ちあげた。すぐに豚がキーキーと鳴いて暴れはじめ、色彩も体格もさまざまな十数頭のドラゴンが空から舞いおりてきた。おおかたのドラゴンが慣れたようすで絶壁にしがみつき、テントのほうをうかがった。そのつるりとした顔は、悪がしこく貪欲《どんよく》そうだった。群れのなかでとくに体の大きな三頭が、テメレアと急ごしらえの豚囲いのあいだに着地し、挑むように上体を起こした。

三頭はいずれも大型ドラゴンではなかった。先頭に立つドラゴンは、イエロー・リーパー種よりも小柄だった。淡いグレーの体色に褐色の斑点があり、顔の下半分から首にかけて一部だけが深紅で、頭まわりに尖った角がたくさん生えていた。群れ全体の長《おさ》と思われるそのドラゴンは歯を剝いてシューッとうなり、すべての角を逆立てた。その後ろに控えた二頭のドラゴンは、それよりやや大きく、片方は鮮やかな青のまだら模様、もう片方は濃いグレーだ。三頭とも咬《か》み傷やかぎ爪の裂傷の痕《あと》など、過去のいくたの戦闘の名残を体にとどめていた。

テメレアは、その三頭を合わせたよりも体重がありそうだった。背筋をぴんと伸ばして姿勢を正すと、頭の周囲の尖った冠翼を逆立て、扇のように広げて、低くうなり返した。挑んできたらただではすまないぞ、という警告だ。辺境の地に棲息《せいそく》する野生ドラゴンたちは、おそらく天の使い種《セレスチャル》を知らず、ばかでかくて力の強そうな大型ドラゴンを恐れていただけだろう。

だがテメレアには〝神の風《ディヴァインズ・ウィンド》〟という神秘の業《わざ》がある。それはセレスチャル種のもっとも破壊的な攻撃手段であり、不可視の強大なエネルギーで岩も木も骨も粉々に打ち砕く。テメレアはいま目の前のドラゴンを相手に〝神の風〟を起こそうとしているわけではないが、その骨まで震わせるようなうなりに、ローレンスはその兆《きざ》しに近いものを感じとった。野生ドラゴンたちも、テメレアのうなりにすくみあがり、顔の下半分が赤い長《おさ》ドラゴンの角が首に添うようにぺたりとしおれた。三頭はたちまち驚いた鳥のようにばさばさと飛び立ち、仲間とともに絶壁に張りついた。

「ふふん。なにもしてないのにな」テメレアが拍子抜けしたように言った。だが、いまもなおテメレアのうなりが山々に反響している。こだまがこだまを呼び、つぎつぎに重なり合い、最初の音を増幅させて、しだいにとどろきつづける雷鳴《らいめい》のような音に変わった。その音で、山頂の白い山肌がかすかに動いた。

その瞬間、白い雪面はため息のような音を洩らし、岩にしがみつくのをやめた。とたんに、雪と氷でできた厚い板が斜面を滑りはじめた。雪の板は最初こそ形を保って優雅にゆっくりと落ちてきた。だがすぐに蜘蛛《くも》の巣のようなひび割れが走り、全体が一気に崩れて、巨大な雪崩《なだれ》となった。雪崩は、逆巻く雪煙《ゆきけむり》とともに、すさまじいスピードで、一行の宿営に襲いかかった。

ローレンスは、自分がいまにも転覆しそうな船の船長になり、船尾から大波をかぶり、波の谷底へ突っこんでいくのを見ているような気がした。大惨事になることはわかりきっているのに、それを回避するすべがない、もはや対処する時間もなく見ているしかない。野生ドラゴンも一斉に逃げ出したが、運のない二頭が、すさまじい勢いで迫ってくる雪塊《せっかい》に呑みこまれた。サルカイが「逃げろ！　絶壁から離れろ！」と、雪崩の通り道に張られたテントの周囲にいるクルーに叫んだ。だがそう叫ぶそばから、雪と氷の激流が斜面からこぼれ、宿営を覆い尽くした。雪塊はなおも暴れることをやめず、波立ち、うなりをあげ、緑の谷間を横切った。

ローレンスが最初に感じたのは冷たい突風だった。まるで肉体を持つかのような勢いで突風がぶつかってきた。後ろによろめいたサルカイの腕をつかもうと手を差し伸べたまま、ローレンスはテメレアの巨体に背中から叩きつけられた。そのあと雪崩の本体が襲ってきて、世界をまるごと奪い去っていった。いきなり頭を深い雪に突っこまれ、押さえつけられた。あたり一面を不気味な青みを帯びた冷たいものでふさがれ、奔流《ほんりゅう》のような音がくぐもって聞こえてきた。ありもしない空気を求めて口をあけようとすると、白銀の雪片がナイフのように顔をこすった。胸や手足にかかる圧力に抗《あらが》いながら、肺を大きくふくらませた。両腕を大きく横に広げた状態で後ろに押されているので、両肩がずきずき痛む。

だが雪のすさまじい重みは突然、襲ってきたときと同じくらい急速に消えていった。ローレンスは気づくと、直立したまま雪に埋もれていた。膝から下はがっちりと固められていたが、顔や両肩が触れているのは密度の低い氷のかけらだ。必死に両腕を持ちあげて雪の上に出し、かじかんでよく動かない手で口や鼻のまわりから雪を掻きとった。焼けるように熱い肺にようやく息を深く吸いこむと、喉も肺もちくちくと痛んだ。隣にいるテメレアは、もはや黒いドラゴンではなく、全身が霜のおりた窓ガラスのように真っ白で、なんとか雪から脱出しようともがいていた。雪崩に背を向けていたサルカイは、もう少しましな状態で、すでに雪から足を引き抜いている。「早く、急いで。一刻の猶予《ゆうよ》もありません」サルカイがかすれ声で言い、テントを目指し、流れこんできた雪に足を取られながら谷間を走った。テント……もはやテントがあった場所と言うべきなのか、そこにはいまや十フィートかそれ以上に雪が堆積した斜面があるばかりだ。

ローレンスも、雪から体を引きあげて自由になると、サルカイにつづいた。空尉候補生マーティンの麦わら色の髪が雪からのぞいているのを見つけ、助け出した。マーティンのいた場所は、ローレンスからわずかしか離れていなかったが、雪崩に押し倒され、ローレンスよりもっと深く雪に埋まっていた。マーティンも連れて、重い雪だまりを懸命に掻き分けて進んだ。ありがたいことに、積もっていたのは氷や岩ではなく、ほとんどがやわらかく湿った雪だった。だがもちろん、それでもすさまじい重さになる。

テメレアが心配そうについてきて、ローレンスたちの指示に従い、あちこちで大量の雪を掘り起こしはじめた。ただし、かぎ爪に気をつけて作業を進めなければならなかった。ローレンスたちはほどなく、脱出しようと懸命にもがく野生ドラゴン一頭を発見した。ブルーと白の体表を持つ小型の雌ドラゴンで、グレーリング種と大差ない大きさだった。テメレアが首根っこをつかんで引っぱりあげ、揺すって雪を落としてやった。そのドラゴンが埋まっていたさらに下の雪の層で、半ばつぶされたテントがひと張りと、傷だらけの数名のクルーが喘いでいた。

雌ドラゴンは、テメレアに雪上におろされると、すぐに飛んで逃げていこうとしたが、ふたたびテメレアが捕まえてシューッとうなり、控えめな怒りの交じった片言のドラゴン語で話しかけると、驚いたように、横笛のような高い声でなにか言い返した。が、テメレアがまたもシュッとうなると、決まり悪そうに雪を掘る作業を手伝いはじめた。クルーを救出するという、繊細さが求められる作業には、雌ドラゴンの小ぶりのかぎ爪のほうが適していた。斜面の真下で身動きがとれなくなっていたところを救出された黄とオレンジとピンク色のまだらの雄ドラゴンは、重い傷を負っていた。破れた片翼が大きく曲がってぶらさがり、聞く者をぞっとさせる悲痛な低い声でうめき、うずくまって震えていた。

「やれやれ、いつまで待たせる気だ」掘り出された竜医のケインズが言った。ケインズは医療テントのなかで、落ちつき払って救出を待っていた。かたわらの簡易ベッドに横たわったアレンは、恐怖に震えて両手で顔を覆っていた。「ついてこい、坊や。おまえでもちっとは役立つだろう」ケインズがただちにアレンに包帯やらメスやらをどっさり持たせ、怪我をした哀れなドラゴンのところに引き連れていった。ドラゴンはシュッとうなりをあげて威嚇したが、テメレアが振り向いて叱りつけると、すくみあがって背を丸め、ケインズに身をまかせた。それからは、ケインズが折れた翼の骨をはめ直すときに、少し鼻を鳴らして痛みを訴えただけだった。

グランビーはほぼ逆さまに雪に埋まり、真っ青な唇になって意識を失っているところを助け出された。ローレンスとマーティンで雪をどかした地面までグランビーを慎重に運び、雪のなかからなんとか引き抜いたテントで包んで、射撃手たちの隣に寝かせた。射撃手たちは全員、斜面の近くで見つかった。ダン、ハックリー、空尉のリグズの三人が血の気を失ってじっとしている。エミリー・ローランドは、テメレアが雪の層をごっそりと取り除いた下にいて、ほとんど雪のなかを泳ぐようにして自力で雪面に頭を出し、自分とダイアーがそこにいることを大声で叫びつづけていた。みなが駆けつけたとき、エミリーとダイアーはしっかりと手を握り合っていた。

「ミスタ・フェリス、全員いるか?」雪崩からおよそ半時間後、ローレンスは尋ねた。まぶたに手をやって離すと、血で汚れていた。雪による擦過傷《さっかしょう》だった。

「イエッサー」フェリスが沈んだ声で答えた。最後まで見つからなかったベイルズワース空尉が掘り出されたばかりだったが、首の骨が折れてすでに息絶えていた。

ローレンスはぎこちなくうなずいた。「怪我人を保護して、なんとか避難所を見つけなければ」そうつぶやいて、あたりを見まわし、サルカイをさがした。サルカイは、みなからやや離れた場所にうなだれて立っていた。その両手に小さな動かないものを持っている。彼の鷹の硬直した死骸だった。


テメレアに厳しく監視されながら、野生ドラゴンたちが山間《やまあい》の洞窟《どうくつ》に一行を案内した。洞窟は石灰質のぼこぼこした岩肌で、奥に進むほどに暖かくなった。そしていきなり、巨大な空間がぽっかりとあいた。洞窟の中央に、硫黄泉《いおうせん》が湧いて湯気を立て、そこに自然が長い歳月をかけてつくりあげた水路を通って、清らかな雪解け水がちょろちょろと流れこんでいた。何頭かのドラゴンが洞窟のあちこちでまどろんでいる。あの顔の下半分が赤い長《おさ》ドラゴンもいて、ほかのドラゴンたちより一段高い平らな岩の上で、物思いにふけるように静かに羊の脚の骨をしゃぶっていた。

テメレアが、背中にしがみついている負傷したドラゴンと残りの野生ドラゴンを引き連れて巨大な空間にぬっと入っていくと、くつろいでいた野生ドラゴンたちが驚き、シューッと低い威嚇の声を発した。だがブルーと白の小さなドラゴンが、なにか安心させるようなことを大声で伝えたようで、ややあって数頭のドラゴンがテメレアに近づき、怪我をしたドラゴンがテメレアの背中からおりるのを手伝った。

サルカイが前に進み出て、ドラゴンの言語、ドゥルザグ語で長ドラゴンに話しかけた。口笛を吹いたり両手を丸めて口を囲んだりしてドゥルザグ語のいくつかの音を発しながら、彼は洞窟の通路のほうを手で示してみせた。「でもあれは、ぼくの豚だよ」それを聞いていたテメレアが不服そうに言った。

「きっともう、雪崩で死んでいるでしょう。あとは腐っていくだけですよ」サルカイがあきれたようにテメレアを見あげて言った。「あなたひとりでは食べきれません」

「それとこれと、どういう関係があるのさ」テメレアが言い返し、逆立った冠翼を大きく広げて、洞窟のドラゴンたちを、とりわけ顔の下半分が赤い長ドラゴンを挑むようににらんだ。洞窟のドラゴンたちがそわそわと身じろぎし、翼を半分持ちあげたり閉じたりしながら、テメレアを横目でうかがった。

「テメレア」ローレンスはテメレアの足に手を添えて、静かに言った。「あのドラゴンたちをよく見てごらん。みんな、腹ぺこのようだ。そうでなければ、きみの縄張りを荒らすこともなかったはずだ。ここをわたしたちの避難所とするために、きみがこのねぐらからドラゴンを追い払うのは、きわめて思いやりのない行為だな。彼らに歓迎してほしいなら、豚を分けてやるのは当たり前のことだよ」

「ふふん」テメレアがそれについて考えはじめ、冠翼がかすかに首のほうへしなだれた。ドラゴンたちは見るからに飢えていた。硬い表皮の下には、ぴんと張りつめた筋肉だけしかない。痩せこけた顔でぎらぎらと眼を光らせ、テメレアたちを見つめている。多くのドラゴンに病気や怪我の痕があった。「わかった。思いやりのないドラゴンにはなりたくないよ。向こうからけんかを仕掛けてきたとしてもね」テメレアがようやく同意し、みずから相手に呼びかけた。ドラゴンたちは最初こそ驚いたようだが、やがて用心深そうな、半ば抑えこんだ興奮の表情を浮かべた。長ドラゴンがきびきびと指示を出し、数頭のドラゴンを従えて、あわただしく洞窟から出ていった。

やがてドラゴンたちは豚の死骸をかかえて戻ってきた。ゴン・スーが豚を解体しはじめると、興味深そうに見守った。サルカイが枯れ木がほしいという要望をどうにか伝えると、二頭の小型ドラゴンが外に飛んでいき、風雨にさらされて灰色に変色した松の枯れ木を引きずって戻り、怪訝そうに差し出した。

ゴン・スーが火をおこすと、パチパチと薪《たきぎ》の爆ぜる音がした。焚き火の煙は岩の隙間からさらに上の洞窟へと逃げていき、豚の焼ける旨《うま》そうな匂いがあたりに漂った。寝かせられていたグランビーが身じろぎし、「スペアリブはありますかね」とつぶやいたので、ローレンスは大いに安堵した。グランビーはほどなく身を起こし、仲間に支えられて茶を飲んだ。焚き火の近くにすわらせても、まだ両手が震えているので、カップを持つのを助けてやらなければならなかった。

クルーたち――とりわけ年少の者たちが咳《せき》やくしゃみを連発するのに気づき、竜医のケインズが「みんなをあの硫黄泉に入らせたほうがいい。なによりもまず胸部を温かく保たねばならん」と言い出した。

ローレンスはさしてなにも考えずに同意したのだが、しばらくあと、エミリーが若手士官たちといっしょに入浴しているのを見てぎょっとした。素っ裸で、どこも隠そうとしていない。「いっしょに入るな！」ローレンスは焦《あせ》ってエミリーを温泉から追い出し、毛布でくるんだ。

「だめですか？」エミリーが、落胆と困惑のまなざしでローレンスを見あげた。

「ああ、なんてことを」ローレンスは声を落とした。「だめだ」きっぱりと言ってから、付け加える。「不適切な行為だ。きみは女性の体になりはじめているのだから」

「ははん」エミリーの態度が急にでかくなった。「その手のことは全部、母から教わっています。でも、まだ生理もはじまってません。それにどのみち、クルーの誰とも寝る気にはなれないです」すっかりやりこめられたローレンスは、やむをえずエミリーにどうでもよい仕事をぼそぼそと命じて、テメレアのそばまで逃げた。

豚がいいあんばいに焼きあがるまで、ゴン・スーが豚の内臓やくず肉や腱《けん》を煮こみ、そこに野生ドラゴンたちが差し出した材料が吟味《ぎんみ》されたうえで加えられた。ドラゴンたちがためこんでいた食物は、どう見てもまっとうな方法で手に入れたものではなさそうだった。野草やその根はともかく、破られた袋に入った大量のカブや穀物は、どこかからくすねてきて、彼らが食べられないと判断したものにちがいない。

テメレアがぐんぐんうまくなっていくドゥルザグ語を使って、顔の下半分が赤い長ドラゴンと話していた。「彼はアルカディっていう名前なんだって」テメレアがローレンスに言い、ローレンスはそのドラゴンに会釈《えしゃく》した。「ぼくらに迷惑をかけて申し訳なかったたって言ってるよ」と、言い添える。

アルカディも礼儀正しく会釈を返したが、とくにすまなそうなようすもなく、滔々《とうとう》と歓迎の挨拶を述べた。ローレンスは、ここのドラゴンたちがつぎにやってくる旅人にも同じように友好的な態度をとるとはかぎらないだろうと考えた。「テメレア、ああいう行動は危険だと、アルカディに伝えてくれないか。あんなふうに人間を襲いつづけたら、しまいにはみんな撃たれて死んでしまうだろう。そのうち、人間たちが業《ごう》を煮やし、ドラゴンの首に懸賞金をかける」

「アルカディが言うには、あれはただの通行料だって」テメレアがさらにアルカディと言葉を交わし、疑わしげに言った。「誰も気にせずに払うってさ。もちろん、ぼくには免除しなきゃならなかったけど」そこでアルカディが、いくぶん気を悪くしたかのようになにかを付け加え、とまどったテメレアがひたいをぽりぽり掻いた。「ぼくらの前に通りかかった、ぼくに似たドラゴンは拒否しなかったって。そのドラゴンと従者たちは、山越えの案内をするなら、牛を二頭あげるって言ったそうだよ」

「きみに似たドラゴン？」ローレンスはぽかんとして言った。テメレアに似たドラゴンは世界に八頭しかおらず、その八頭とも、ここから三千マイル近くも離れた北京にいる。それにドラゴンの体色は実にさまざまだが、テメレアの色はまずほかにない。ここにいる野生ドラゴン同様、おおかたのドラゴンには多色の模様が入っている。だが、テメレアは、翼端のオパールのように輝く斑紋《はんもん》を除けば、全身がつややかな漆黒《しっこく》なのだ。

テメレアがアルカディにさらに質問してから言った。「ぼくにそっくりだったって……ただし体全体が真っ白で、両眼が赤く……」テメレアは言葉を濁し、またも冠翼を立ちあげ、鼻孔を赤く燃え立たせた。アルカディがそれを見て、警戒するようにじりじりと後ずさった。

「どれくらいの数の人間が同行していたんだ？」ローレンスは問いただした。「それは誰なんだ？　山をおりたあと、どこへ向かったのか、アルカディは知っているだろうか」疑問と不安がつぎつぎに押し寄せ、考えがまとまらない。アルカディの描写どおりだとすれば、そのドラゴンは、奇妙な運命のいたずらから色素が生まれつき抜け落ちている天の使い種《セレスチャル》、リエンでしかありえない。彼女が心のなかで、テメレアを不《ふ》倶戴天《ぐたいてん》の敵と見なしていることは疑いようがない。そして、そのリエンが中国を離れる選択をしたということは——なにかまがまがしい計略があるとしか思えない。

「人間たちを運ぶドラゴンも何頭かいたって」テメレアが言った。ここで、アルカディがガーニという名の体表がブルーと白の小型の雌ドラゴンを呼んだ。ガーニはドゥルザグ語だけでなく、この地方で使われるオスマン語の方言も多少わかるので、その運搬役のドラゴンたちの通訳を務めていたという。ローレンスたちはガーニからさらに詳しい話を聞き出すことができた。

ガーニがもたらした情報は、想像しうるかぎり最悪のものだった。リエンはフランス人と旅をしていた。描写された人相風体《にんそうふうてい》からすると、その人物はフランス大使、ド・ギーニュにちがいなかった。ガーニによれば、リエンとド・ギーニュは会話をしていたという。つまり、リエンがすでにフランス語を習得しているということだ。リエンはまず間違いなくフランスに向かっている。そして、かの地を目指して旅をする動機はひとつしか考えられなかった。

「リエンが実戦に出ていくなんて、ありえませんよ」ローレンスとあわただしく協議するなかで、グランビーが希望的観測を述べた。「クルーもキャプテンもなしに、ドラゴンを前線に送りこむなんて不可能ですし、ぼくたちがテメレアにハーネスを装着するのだって、あんなにさんざん中国から文句を言われたんです。リエンがハーネスを付けさせるわけがありません」

「だが少なくとも、リエンに卵を産ませることはできる」ローレンスは険しい声になった。「あるいは、ナポレオンがリエンを活用する方法を考えつくか……。当然、考えつくだろう。きみもマデイラ島に向かう途中、テメレアがやったことを見たはずだ。四十八門フリゲート艦をたった一回の咆吼で沈没させた。わが国の一等級戦列艦に同じことをされないともかぎらない」

英国海軍の軍艦は、いまのところもっとも堅牢《けんろう》な防壁となって本土を守っているが、軍艦よりもはるかに攻撃を受けやすい商船が、英国存亡の鍵を握る交易品を運んでいる。リエン一頭のもたらす脅威が、イギリス海峡における英仏の戦力の均衡《きんこう》を変えてしまうかもしれない。

「ぼくはリエンなんか怖くない」まだ頭に血がのぼっているテメレアが言った。「それにヨンシンが死んだことも、ちっともかわいそうだと思わない。ヨンシンにはあなたを殺す理由なんかなかった。リエンだって、ヨンシンにそんなことをさせなければよかったんだ——返り討《う》ちに合いたくないならね」

ローレンスはかぶりを振った。そんなテメレアの理屈はリエンには通用しない。リエンは、あの亡霊のような奇妙な体色ゆえに、中国人のあいだで不吉なドラゴンとして畏《おそ》れられ、忌《い》み嫌われていた。だからこそ、彼女を受け入れたヨンシン皇子との絆《きずな》は、おおかたの守り人と竜との関係をはるかに超えて深い。リエンはテメレアのこともローレンスのことも許しはしないだろう。あれほど誇り高く、西洋を蔑《さげす》んでいたリエンが、祖国を離れ漂泊《ひょうはく》の旅に出ようとは……。リエンがローレンスとテメレアへの復讐心に突き動かされてここまで来たのだとしたら、いったい、どんな恐ろしい計画を練っているのだろう。

# 5 オスマン帝国の都へ

「この計画より遅れることは命とりになる」と、ローレンスは言った。サルカイが白い石をチョーク代わりに使い、洞窟の床に、残りの旅程の地図を描いてみせたところだった。それは大都市を避け、つまり黄金の都サマルカンドにも古都バグダッドにも寄らず、エスファハーンとテヘランのあいだを抜けて未開の地を行き、広大な砂漠を迂回していくという道筋だった。

「ただし、この道筋をとると、食糧を狩る時間がよけいにかかってしまいます」サルカイが断りを入れたが、狩りの手間より、むしろペルシアの太守《サトラップ》たちから攻撃されたり歓待《かんたい》されたりするほうを避けたかった。そのどちらだとしても、膨大な時間を割くことになる。それに比べれば、狩りにかかる時間は小さな代償に思えた。もちろん、異国の辺境を許可も受けずにこそこそと抜けていくのは気分のいいものではない。いささかの疚しさもある。もし捕まれば、厄介《やっかい》なことになるかもしれない。しかしここは、クルーたちの用心深さとテメレアの飛行速度があれば逃げきれると信じたかった。

ローレンスは、当初はもう一日洞窟にとどまって、雪崩で傷を負ったクルーたちを少しでも回復させるつもりだった。しかし、リエンがフランスに向かっているとなれば、もはやそんな余裕はないと見ていいだろう。フランス側についたリエンが、英国の海峡艦隊や地中海艦隊を大混乱に陥れるかもしれないのだ。

リエンを知らない英国海軍や商船は、完全に油断して、まんまと攻撃を受けてしまうだろう。リエンの外見から、警戒を要するドラゴンであることを見抜くのはむずかしい。艦長が火噴きなどの危険なドラゴンを識別できるように携行するドラゴン図鑑にも、リエンのような白い体色のドラゴンは載っていなかった。リエンはテメレアよりもかなり年長で、戦闘訓練は一度も受けたことがない。それにもかかわらず、敏捷《びんしょう》な身のこなしはテメレアに引けをとらないし、〝神の風《ディヴァインズ・ウィンド》〟の使い方は、テメレアよりも慣れているようにさえ見えた。あれほどの破壊的な武器がナポレオンの手に渡り、英国の心臓部が狙われたら……そう考えるだけで背筋が寒くなる。

「明朝には出発しよう」そう言って立ちあがったローレンスは、野生ドラゴンたちが気色《けしき》ばんで地面をにらんでいるのに気づいた。彼らはサルカイの描いた地図に興味を引かれて集まり、テメレアに説明を求めたが、自分たちの棲《す》むパミール高原の山岳地帯が、地図のなかでは広大な中国、ペルシア、オスマン帝国にはさまれた細長い斜線部分でしかないことを知り、憤慨しているのだった。

「ぼくらはイングランドから中国までとてつもなく長い旅をしたって、いま教えているところなんだ」ドゥルザク語をどんどん上達させていくテメレアが、得意げにローレンスに報告した。「それにアフリカ大陸も海岸沿いにぐるりと回ったてね。みんな、この山脈からたいして遠くへ行ったことがないんだってさ」

テメレアがかなり偉そうな口調で、ドラゴンたちにさらに一席ぶった。確かに、テメレアは自慢に値する経験をしていた。地球を半周したあと、中国の宮廷で贅沢な饗《きょう》応《おう》を受け、みごとな戦功もいくつかあげた。こうした冒険譚《たん》に加えて、テメレアの宝石付きの胸当てや爪飾りが、なんの装飾品も付けていない野生ドラゴンたちから羨望を集めていた。そしてテメレアがローレンスには言葉の壁があって理解できない話を誇らしげに締めくくったとき、ローレンスは自分まで、野生ドラゴンたちから瞳孔を縦に細くした、値踏みのまなざしで見つめられているのに気づいた。

ローレンスとしては、テメレアが人間の影響を受けていない野生ドラゴンの姿にじかに接することが、うれしくないわけではなかった。野生ドラゴンの暮らしは、中国のドラゴンたちの優遇された暮らしぶりとはきわめて対照的だ。その比較で言うなら、英国のドラゴンの暮らしも、それほどひどいものではない。テメレアが野生ドラゴンよりも自分のほうが恵まれた立場にあると感じてくれればいい。ただ、こうしたテメレアの自慢が野生ドラゴンたちを刺激し、心のなかだけにとどめておけない妬《ねた》みを掻き立て、けんか騒ぎが起きるのではないかと心配した。

テメレアがしゃべるほどに野生ドラゴンたちはいっそうざわつき、長《おさ》であるアルカディを冷ややかな目でちらちらと見るようになった。アルカディは、自分が尊敬を失いつつあることを敏感に察して、頭部をぐるりと囲む角を逆立てた。

「テメレア……」つぎになにを言えばいいのかわからなかったが、ローレンスはとりあえずテメレアの話をさえぎった。が、テメレアがローレンスに視線を向けた隙をとらえて、アルカディがすかさず場の主役を横取り、胸をふくらませて、もったいぶった口調で何事かを宣言した。ドラゴンたちのあいだに興奮のざわめきが広がった。

「ふふん」テメレアが本気なのかと問うように、しっぽをピクピク動かしながら、顔の下半分が赤い、ドラゴンの長をじっと見た。

「どうした？」ローレンスはいやな予感を覚えた。

「アルカディは、ぼくらといっしょにイスタンブールに行って、オスマンの皇帝陛下《スルタン》に会うことにしたんだって」

この無邪気な企ては、ローレンスが危惧《きぐ》した果たし合いよりは穏当《おんとう》なものだった。しかしそれでもはた迷惑と言うほかなく、サルカイを介して押しとどめようとしてみたが、説得は失敗に終わった。アルカディは頑《がん》として譲らず、おまけにほかの多くのドラゴンも長についていくと言い出した。説得を試みていたサルカイがついに根負けし、肩をすくめ、ドラゴンたちに背を向けた。「われわれがあきらめたほうがよさそうです。ついてこないようにさせる方法はまずありません。戦って彼らを撃退する覚悟がないかぎりは」

翌朝、出不精《でぶしょう》だったり好奇心に欠けたりする数頭のドラゴンと、テメレアたちが雪崩から救出した翼の折れた小型ドラゴンを除いて、洞窟をねぐらにする野生ドラゴンの大半がローレンスたちといっしょに出発することになった。怪我をしたドラゴンが洞窟の入口で、悲しげな声を小さくあげて見送った
野生ドラゴンたちは、厄介な旅の道連れだった。騒々しくて激しやすく、なにかと

いうと空中でつまらぬいさかいを起こし、二、三頭のドラゴンがシューッとうなり合い、かぎ爪を振るって大騒ぎしながら真っ逆さまに急降下した。そんなときは、アルカディか彼の補佐役が急行し、大声で叱りながら体当たりで引き離す。もめていたドラゴンたちは、そのあとは陰でふてくされるのだった。

「こんなサーカス団を引き連れていては、たとえ片田舎《かたいなか》でも、こっそり通過するのは、ぜったいに無理だ」ローレンスは野生ドラゴンたちの三度目の小競《こぜ》り合いのあと、いらいらして言った。甲高い叫びがこだまとなって、まだ山間に響き渡っている。

「数日でいやになって、洞窟に帰るんじゃないですか」グランビーが言った。「食べ物を盗む以外の目的で人里に近づきたがる野生ドラゴンなんて聞いたことがありません。縄張りを出たとたん、きっと、しおしおのぱーですよ」

はたしてその日の午後、山脈地帯が終わって平地が開けると、野生ドラゴンたちは急に臆病風に吹かれはじめた。ゆるやかな地平線が姿をあらわし、椀を伏せたような巨大な天空のもと、植物の緑と不毛の灰色がどこまでもつづく光景が広がっていた。山岳部とはまるで異なる景色を見たドラゴンたちは、宿営のはずれに集まり、落ちつかないようすでささやき合い、翼をばさばさと動かすばかりで、ほとんど狩りの役に立たなかった。夕闇が落ちると、村の橙色《だいだい》の明かりが遠くでかすかにまたたきはじめた。数マイルほど先にある六軒の農家の明かりだった。数頭のドラゴンが、あれはイスタンブールにちがいなく、期待したほど立派でもないのでもう山に帰ろうと、夜明けまでに結論した。

「でも、あれはイスタンブールじゃない」テメレアがむっとして言い、あわてたローレンスに身振りで止められ、どうにか引きさがった。

こうして、野生ドラゴンの集団からかなりの頭数が減り、ローレンスたちは胸を撫でおろした。残ったのは若くて冒険心旺盛なドラゴンたちで、とくに小さな雌ドラゴンのガーニはもともと低地で孵化したために、この見慣れぬ景観にもほかのドラゴンよりなじみがあった。ガーニは新たに発見した仲間とのちがいをやたらと得意がり、自分はちっとも恐くないと言って、洞窟に戻るドラゴンたちを鼻であしらった。ガーニに嘲笑されて気がおさまらず、いったんは帰ろうとしたドラゴンのうちの二頭が、やっぱり旅をつづけると言いだした。残念なことに、その二頭は群れのなかでもとりわけけんかっ早い、力を誇示したがるタイプだった。

そして長のアルカディはと言えば、群れの誰かが旅をつづけるのなら、自分は洞窟に戻るわけにはいかないと考えていた。テメレアが宝物やごちそうや勇ましい戦闘の話を、あまりにもたくさん、あまりにも強く印象づけたものだから、アルカディは、いつか群れの誰かが、嘘かまことかはさておき、テメレアのような栄光の冒険譚とともに群れに戻ってきて、自分の立場をおびやかすのではないかと恐れはじめていた。アルカディの地位は、腕力ではなく——その分野では補佐役の二頭が長をしのいでいる——カリスマ性の演出と機転で勝ち取ったものだった。それだけに、よけいに不安を感じているようだった。

虚勢を張ってはいるが、意欲満々とは言えないアルカディを見て、ローレンスは、そのうちにほかのドラゴンを説き伏せて山に帰るのではないかと期待した。アルカディの補佐役——ローレンスの耳で聞きとれるかぎりでは——モルナルとリンジという名のドラゴンは、アルカディがいなかろうが、山で楽しくやっていたほうがよかったのだろう。体色が濃いグレーのリンジは、アルカディに洞窟に戻ろうと進言したが、長は癇癪玉《かんしゃくだま》を爆発させ、通訳なしでもわかる叱責とともにリンジの頭をひっぱたき、それで終わりになった。

だがその夜、アルカディは安心を求めるように、リンジやモルナルにぴったりと身を寄せた。山々は彼方の蒼い空に消えてしまった。ほかの野生ドラゴンたちも三頭にくっつき、テメレアが話しかけても、うわの空だった。「みんな、冒険心ってものがないようだね」テメレアはがっかりしたようすでローレンスのそばに戻り、身を落ちつけた。「四六時中、食べ物のことばかり尋ねるんだ。いつになったらスルタンがもてなしてくれるのか、スルタンはなにを食べさせてくれるか、いつになったら家に帰れるのかとか、そんなことばかり。あり余る自由を手にしていて、どこへでも好きなところに行けるっていうのにさ」

「腹ぺこのときは、食欲より野心が勝るというわけにはいかないものだよ」ローレンスは言った。「彼らが謳歌《おうか》している自由には、それほど旨みはないんだ。飢える自由や惨殺される自由なんて、誰も熱望するようなものじゃないからね。それに」ここぞとばかりに付け加える。「人もドラゴンも、世の中をよくするためには、良識にもとづいて個人的な自由の一部を犠牲にするほうを選ぶこともあるだろう。そうすることで自分の状況も、仲間の状況もよくなるはずだから」

テメレアはため息をつくと、反論はせず、物憂そうに夕食をつついた。そのうちモルナルがテメレアのようすに気づき、遠慮がちに、半ば放置された肉を少しもらえないかというしぐさをした。テメレアはうなってモルナルを追い払い、残りの肉を大きな三口で平らげた。

翌日は快晴だった。広々と澄み渡った空が故郷を思い出させるのか、旅の道連れたちは、いっそうしおしおと元気をなくした。ローレンスは、この分だと夕刻には残りのドラゴンも山へ引き返すだろうと予想した。しかし、ドラゴンたちはふたたびお粗末な狩りを披露するだけだったので、ローレンスは食糧の不足分を補うために、やむなくサルカイと数人のクルーを近隣の農場まで行かせて、牛を数頭購入させた。

よく肥えた角のある茶色の牛が列をなし、哀れなほど怯えた鳴き声をあげながら宿営に引いてこられると、野生ドラゴンたちは眼を丸くして驚いた。みんなで分けるようにと四頭が与えられると、さらに驚き、無我夢中でむさぼった。すべて平らげたあとは、仰向けに寝ころがり、翼を見苦しくだらりと広げて、ふくらんだ腹に丸めた四肢を載せ、至福の表情を浮かべた。ひとりでまる一頭食べようと頑張ったアルカディまでが、足腰が立たなくなって横になった。野生ドラゴンたちはこれまで牛肉にありついたことがないのだろうと、ローレンスは哀れに思った。これほど肥えて芳《かぐわ》しい香りのする農場育ちの牛など、ぜったいに食べたことがないにちがいない。イングランドの贅《ぜい》を尽くした食卓にもふさわしい極上の肉だったので、痩せこけた野生の山羊や羊、たまに盗む豚などで命をつなぐのに慣れているドラゴンたちにとっては、まさに天上の美味だったにちがいない。

テメレアが不用意にも、「でもきっと、スルタンはもっともっとおいしいものを出してくれるよ」と言ってとどめを刺し、かくしてイスタンブールは、この世の楽園のような薔薇《ばら》色の都となって、もはやアルカディたちを追い払える望みは消え失せた。

「できるだけ夜間に移動するようにしよう」ローレンスはしぶしぶ、あきらめの心境で言った。「せめて、田舎の人たちが、こんなごたいそうな集団は、自国の空軍だと思ってくれることに期待して」

野生ドラゴンたちは、飛行しているとき以外なら、少しは全体の役に立った。小型ドラゴンのヘルタズは、くすんだ茶に黄緑色の縞模様という体色なので、晩夏の草原では理想的な狩人であることがわかった。ヘルタズが風下の背の高い草むらで腹這いになって待ち、ほかのドラゴンたちがうなりをあげて森や丘陵から獲物を追い立てる。不運な獲物たちは、ヘルタズが待ち伏せする場所までほとんど一直線に逃げて、ヘルタズが一度の襲撃で半ダースもの獲物を仕留めることも珍しくなかった。

また野生ドラゴンたちは、テメレアが気づかないときでも、人間の臭いに敏感だった。あるときはアルカディの警告によって、ペルシア軍の騎兵隊をかわすことができた。騎兵隊が道の盛りあがりを越えて視界にあらわれる寸前に、ドラゴンたちが別の小山の裏に逃げこんだのだ。ローレンスは長時間そこに身を隠しながら、通り過ぎていく騎兵隊の軍旗が風にひるがえる音や、ガチャガチャと鳴る轡《くつわ》の音に耳を澄ましていた。そのうち音はすっかり遠くに消えて、また空を飛んでいけるほど夕闇が濃くなった。

この手柄にアルカディはすっかり気をよくして、翌日の午後、テメレアがまだ食事をしている最中に、長《おさ》として失地回復のチャンスと見たのか、長い余興《よきょう》で群れの仲間を楽しませた。それは途中に舞いを加えた叙事詩《じょじし》風の語りで、ローレンスは最初、アルカディが狩りやそれに類する荒っぽい行為で手柄を立てたことを再現しているのだろうと想像した。ほかのドラゴンたちも、時折り間《あい》の手を入れて参加している。

だがそのうちに、テメレアが二頭目の鹿から顔をあげて、たいそう興味深そうに話に聞き入り、口をはさみはじめた。「アルカディは、なんの話をしているんだい?」

ローレンスは、テメレアが長の語りに夢中になっていることにとまどった。

「すっごく、わくわくする話だよ」テメレアが真剣な顔でローレンスのほうに向き直って言った。「つまり、あるドラゴンの群れの話で、洞窟に隠されていた大きな宝の山を見つけるんだけど、それは死んでしまった爺《じい》さんドラゴンの宝で、ドラゴンたちはそれをどうやって山分けするかでけんかになって、すごく強い二頭のドラゴンどうしが何度も何度も決闘するんだ。それは、どっちも同じくらい強いからそうなってしまうわけで、ほんとうは二頭とも相手と戦わずに仲よくなりたいんだ。でも、相手も自分と仲よくなりたいって思ってることがどっちもわかってなくて、だから、どっちのドラゴンも、自分が宝を勝ち取るしかないって考える。というのも、宝を勝ち取れば、それを相手にあげられるし、相手は宝をもらうために仲よくするだろうからね。で、それとは別に、体は小さいけど賢いドラゴンがいて、仲間をだまして宝を少しずつ自分のものにして、いずれ独り占めしようとたくらんでる。そのうえ、宝の取り分をめぐって口論してるつがいのドラゴンもいて、雌ドラゴンは卵を温めるのに忙しいから、雄ドラゴンがほかのドラゴンと戦って取り分をふんだくるのを手伝えないんだ。ところが雄ドラゴンのやつは雌ドラゴンと宝を平等に分けるつもりがなくてさ、怒った雌ドラゴンが卵を持ってどこかに隠れてしまう。それで雄ドラゴンは後悔するんだけど、雌ドラゴンを見つけられないんだよ。でも、ほかにもその雌ドラゴンとつがいになりたい雄ドラゴンがいて、そっちのドラゴンが雌ドラゴンを見つけて、自分の宝の取り分を彼女にも分けてあげようと言い出したものだから――」

これでも要約されているのだろうが、ローレンスはあまたの出来事の洪水に呑まれて、話の筋を追えなくなった。そもそもテメレアがどうやって筋を追っているのか、その話のどこがそんなにおもしろいのか理解できない。だが、疑う余地なく、テメレアも野生ドラゴンも、このごたごたした話に夢中になっていた。話の途中で、ヘルタズとガーニが殴り合いのけんかまではじめた。つぎの展開について意見が合わないらしく、お互いの頭を叩きはじめ、とうとう進行のじゃまをされて苛立ったモルナルが叱りつけ、シューッとうなっておとなしくさせた。

とうとうアルカディが息を切らし、たいそう満足そうに、ばたりと倒れ伏したときには、群れのドラゴンたちがやんやの喝采《かっさい》を送り、口笛を吹き鳴らし、しっぽをバンバンと地面に打ちつけた。テメレアが中国式の作法にのっとり、かぎ爪で岩盤をカチカチと叩いて称賛した。

「イングランドに戻ったら、この物語がちゃんと書けるように、覚えておかなくちゃ。

中国で持っていたような硯箱《すずり》を手に入れてもいいな」テメレアが満足のため息を深々とつきながら言った。「一度、ニュートンの『自然哲学の数学的諸原理』をリリーとマクシムスに暗誦してあげたんだけど、ふたりともあまりおもしろがってくれなかった。きっとこの物語のほうが気に入るよ。ひょっとして、これを出版できるかも。ローレンス、そう思わない？」

「まずは、文字が読めるドラゴンを増やさなければね」ローレンスは言った。

数名のクルーが、少しばかりのドゥルザグ語をどうにか聞き覚えつつあったが、たいていは身振り手振りで事足りた。野生ドラゴンたちが、きわめて賢く、その意味をちゃんと汲みとったからだが、同時に自分たちが気に入らないことには、巧妙に、わからないふりをした。テントを設営するから快適な場所からどいてほしいと言われたり、夜間の飛行のために仮眠から起こされたりしたときなどだ。いつもテメレアやサルカイが近くにいて通訳してくれるわけではなかったので、テントを設営する役割を負った若手士官たちには、ドラゴンと意思を疎通《そつう》させることが一種の自衛手段になりつつあった。士官たちがドラゴンに向かって、口笛を吹いたりハミングしたりで、片言のドゥルザグ語を試みているところは、みなの笑いを誘った。

「ディグビー、いいかげんにしろ。ドラゴンたちの機嫌をとろうなんて考えるな」ある日、副キャプテンのグランビーが厳しい口調で言い渡した。

「イエッサー。その……いえ、ぼくは……はい！」ディグビーが真っ赤な顔でしどろもどろになって逃げ出し、野営地の端っこであたふたとどうでもいい仕事をはじめた。

サルカイと打ち合わせをしていたローレンスは、そのやりとりに驚いて視線をあげた。ディグビーは十三歳になったばかりだが、士官見習いのなかではいちばんのしっかり者で、記憶にあるかぎり、これまで叱責されるようなことは一度もしていない。

「いや、たいしたことじゃありません。ディグビーのやつ、あのでかいモルナルとその仲間の機嫌をとろうとして、少しばかり肉をとっておいたんですよ」グランビーが、ローレンスに近づいてきて言った。「クルーが〝キャプテンごっこ〟をしたがる気持ちはわからないでもないけど、あのドラゴンたちを愛玩《あいがん》動物にするのはまずいですよ。

野生ドラゴンを餌で手なずけちゃいけないんです」

「しかし野生ながらも、彼らは礼儀作法を覚えつつあるようだ。野生ドラゴンは、

もっと手に負えないものかと思っていたが」

「テメレアが近くにいるからですよ。やつらが恐れているのはテメレアだけなんです

から」

「それはどうでしょう」と、サルカイがやや冷ややかに意見した。「彼らは興味を持てることのためなら、自分を抑えることも厭《いと》わないように見受けられます。きわめて理にかなった対処法と言えましょう。わたしにしてみれば、自分を抑えて興味が持てないことをやるドラゴンのほうが、かなり異常です」

はるか前方に金角湾《きんかく》〔現トルコ北西部の都市、イスタンブールに切りこむように位置する細長い湾〕がきらめき、目指す都市がその両岸で豊かな繁栄を誇っていた。街の丘という丘がモスクの尖塔とつややかな大理石のドームを頂いている。そのドームの青や灰色や淡紅色の色彩が、民家の褐色の屋根とイトスギの緑の木立によく映えていた。金角湾は、ボスポラス海峡の西南の出口から緑の三日月のような形でヨーロッパ大陸に細長く切りこんだ湾だ。東洋と西洋を分ける、蛇のような形のボスポラス海峡が、ふたつの大陸のはざまで日差しを受け、黒々と輝いている。ローレンスは、こういったすべてをテメレアの背から望遠鏡を通して眺めた。だがほかを差し置いてもひたすら見つめつづけるのは、ボスポラス海峡の向こう岸からはじまる、ようやく姿をあらわしたヨーロッパだった。

クルー全員が疲れ果て、飢えていた。この巨大な都へ近づくほどに村落を避けることがむずかしくなり、この十日間はごく短い休憩時間のうちに冷えた食事にどうにかありつき、快適とは言えない断続的な仮眠をとるしかなかった。ドラゴンたちは飛びながら狩りをし、獲物をとらえると、生肉の最後の一片までむさぼり喰った。そんな状態だったから、丘陵地帯にさしかかり、ボスポラス海峡のアジア側にある広い土手に草を食《は》む灰色の牛の群れを見つけたとたん、アルカディが猛々《たけだけ》しいうなりをあげ、急降下した。

「だめ、だめ！　あれは食べちゃいけない！」テメレアが叫んだが、もう遅かった。アルカディと仲間のドラゴンが歓喜の叫びをあげて牛を追い立て、牛たちは恐慌状態に陥って、騒がしく鳴きながら逃げまどった。平原のはるか南、石と漆喰《しっくい》で築かれたずんぐりした砦《とりで》の防壁のなかから、数頭のドラゴンが頭を持ちあげた。オスマン軍のしるしである鮮やかな羽根飾りをつけている。

「ああ、まずいことになった」ローレンスはつぶやいた。オスマン軍のドラゴン数頭が砦から飛び立ち、ぐんぐん上昇し、猛烈なスピードでアルカディたちに迫ってきた。

野生ドラゴンたちは牛を追うのに夢中で、この一大事にまるで気づいていない。左右の前足で牛を一頭ずつつかみ、この降って湧いたようなお宝をうっとりと見比べている。あまりにも有頂天になっているせいで、牛を食べるために地面に落ちつこうともしない。だが、この行動がアルカディアたちを救った。オスマン軍のドラゴンが襲いかかると、アルカディたちは宙で跳びすさり、息絶えたか息絶える寸前の牛十数頭を地面に放り出し、すんでのところでかぎ爪や牙《きば》の攻撃から逃れた。

アルカディと仲間のドラゴンたちは、テメレアを盾にしようと、まっしぐらに戻ってきた。そしてテメレアの背後に回り、せわしなく旋回しながら、オスマン軍のドラゴンにキーキー声で罵声《ばせい》を浴びせまくった。オスマン軍のドラゴンは攻撃の急降下のあと、すぐまた上昇に切り替えながら、怒りの叫びをあげて、アルカディたちに近づいてきた。

「国旗を掲げて、風下に威嚇射撃！」ローレンスは士官見習いの信号手、ターナーに向かって叫んだ。英国国旗は長旅で色あせてはいなかったが、惜しむらくは薄い折りたたみじわがあり、快音とともに風にひるがえるという感じにはならなかった。

オスマン軍の見張りドラゴンは上昇するほどに減速し、かぎ爪を開き、牙を剝いて威嚇してみせるが、いささか戦意を欠いていた。大きさはみな中型以下で、アルカディたちよりもさほど大きいわけではない。近づくほどにテメレアの巨大な両翼が見張りドラゴンたちに長い影を落とすようになった。見張りドラゴンは全部で五頭いた。明らかに体を酷使《こくし》する作戦行動に慣れておらず、腹の脂肪がみっともなく段になっていた。「なまってるなあ」グランビーが情けなさそうにつぶやいた。はたして、見張りドラゴンたちは怒りにまかせて突撃したあと、わずかに喘ぎはじめた。腹がはた目にもわかるほど上下している。首都に配属され、牛の番のような退屈な仕事をあてがわれ、ほとんど戦うこともないのだろう。

「撃て!」リグズが叫んだ。一斉射撃の音はやや乱れていた。リグズをはじめとする射撃手《ライフルマン》たちは、雪のなかに生き埋めになった後遺症から完全には回復しておらず、肝心なときにくしゃみをしがちだった。それでも射撃の合図と同時に、迫ってくるドラゴンたちが減速し、先頭のドラゴンに騎乗するキャプテンがメガホンを口に当て、なにかをわめきたてたので、ローレンスは心から安堵した。

「着陸しろと言っております」サルカイがあまりにも不自然な短い通訳をした。ローレンスのいぶかしげな顔に気づいて言い添えた。「あとは、われわれのことをありとあらゆる汚い言葉で罵っておりますが、すべて訳したほうがよろしいですか?」

「どうしてぼくがやつらの下に回って、先に降りなきゃいけないのさ」テメレアはそう言って不快そうに低くうなったが、降下を開始した。だが降下しながらも、首をねじって上を見あげ、見張りドラゴンから目を離そうとしなかった。ローレンスも攻撃を受けやすい位置はとりたくなかったが、相手を怒らせた非はこちらにある。地上では牛がよろよろと立ちあがり、身を震わせていた。しかし、そうしているのはほんの数頭で、あとの大半は地面に転がってぴくりとも動かず、死んでいるのは確実だった。弁償のためには、オスマン帝国に駐在する英国大使に借金を申しこまなくてはならないかもしれない、と、ローレンスは思った。とにかくこれはたいへんな損害だ。オスマン軍のキャプテンから恭順《きょうじゅん》を求められるのはしかたないことだろう。

テメレアは、アルカディたちを自分のそばに着地させるために厳しい言葉を使うしかなく、ついには警告として低く吼えたので、生き残った牛たちが怯えて、さらに遠くへ逃げた。アルカディと野生ドラゴンたちは、しぶしぶのていで着地したが、ふてくされ、翼を半開きにしてうろうろし、落ちつこうとしなかった。

「オスマン軍になんの通達もせず、アルカディたちをこんなに街の近くまでついてこさせるんじゃなかった」ローレンスは、苦々しい思いで野生ドラゴンたちを見つめた。

「あの連中が、人間や家畜のいるところで、行儀よくふるまえるはずがないんだ」

「アルカディたちばかりが悪いわけじゃないよ」テメレアがかばうように言った。

「ぼくだって、所有権というものを理解していなかったら、あの牛を獲ってどこが悪いのかわからなかった」そこでひと呼吸置き、声を落としてさらに言った。「だいたい、あのオスマン軍のドラゴンたちは、牛を獲られたくないなら、あんなふうに寝そべってないで、ちゃんと監視してればいいんだ。あれじゃ、獲ってくれって言ってるようなもんだよ」

アルカディたちが残らず着地するのを見とどけても、オスマン軍のドラゴンたちはまだ上空にいて、たいしたスピードでもないが派手な旋回をつづけ、自分たちの優位を誇示していた。それを見あげたテメレアが鼻を鳴らし、冠翼をわずかに立ちあげた。

「無礼なやつらだな。ああいうの、だいっきらいだ。ぶん殴ってやりたい。なんだ、あのバタバタとうるさい飛び方ったら、鳥みたいじゃないか」

「あのドラゴンたちを追い払ったら、たちまち何百頭ものドラゴンを相手にすることになるだろう。たぶん、あいつらより大きなドラゴンがやってくる。オスマン軍はけっしてあなどれない。たとえこのひと握りのドラゴンが、戦闘向きとは言えない状態だとしても」ローレンスは言った。「じっとしておいで。あいつらもそのうち疲れるさ」だが言葉とは裏腹に、実のところ、ローレンス自身がテメレアに負けず劣らず切れそうになっていた。暑くほこりっぽい場所で意味もなく待たされ、容赦なく太陽に焼かれ、焼けた地面に炙られ、手持ちの水は底を尽きかけていた。

アルカディたちの当惑は長くはつづかず、すぐに自分たちが殺した牛のほうを見やり、仲間うちでぼそぼそと意見を交わしはじめた。言葉はわからなくても、その口調からなにを言っているのかは明々白々だ。テメレアまで不満そうに「あの牛、すぐに食べないと腐らせちゃうだけだよ」と言い出すに至って、ローレンスはこれはまずいと考えた。

「オスマン帝国のドラゴンたちに、あんなことをしても、きみたちを脅せないとわからせてやってはどうだろうか」妙案を思いつき、テメレアに提案した。テメレアが顔をぱっと輝かせ、よく通るささやき声でアルカディたちに話しかけた。ほどなくテメレアたちはみな草の上に寝そべり、わざとらしくあくびをした。小型ドラゴン二頭が鼻からグーグーと不作法な音まで出しはじめ、全員がその演技にならった。やがてオスマン軍のドラゴンたちは、意味もなく飛行演習をするのに疲れ、旋回しながら降下してくると、ローレンスたちと向き合うように着地した。先頭のドラゴンがキャプテンを地上におろす。ローレンスはまたもやいやな気分になった。頭上であんな偉そうな威嚇行動を見せつけられたあとでは、説明する気にも謝罪する気にもなれない。オスマン軍のキャプテンは――のちにアーティガンという名だとわかったが――猜《さい》疑《ぎ》心《しん》の固まりになって、失礼きわまりない態度をとった。ローレンスが一礼しても、頭をひくりと動かすだけで、片手を剣のつかに添えたまま、オスマン語で一方的にまくしたてた。

そこでサルカイがあいだに入り、短いやりとりをした。アーティガンはそのあと、なまりはきついがまずまずのフランス語で、どうやら同じことをローレンスに繰り返した。「さて、おまえが何者か、いかなる理由でこの暴虐行為におよんだのかを説明してもらおう」

ローレンスのフランス語は悲しいほどにお粗末だったが、意思の疎通をはかるぐらいならなんとかなった。だが、言葉につっかえながら事情を説明しても、アーティガンの怒りも疑念もおさまることはなかった。アーティガンは腹立ちまぎれに、ローレンスの任務や階級や旅程や、果ては所持金に至るまで、取り調べのように質問したので、ローレンスもしまいには我慢しきれなくなった。

「もう充分でしょう。わたしたちが頭のいかれた三十名の暴徒で、七頭のドラゴンとともにイスタンブールに攻めこんできたとでもお考えなのですか？」ローレンスは言った。「わたしたちをこの猛暑のなかに留めおいても、なんら得るところはありません。使いの者を街に送って、貴国に駐在する英国大使に問い合わせてください。あなたにも納得できる答えを得られるでしょうから」

「それにはいささか問題がある。なぜなら、英国大使は死んでいるからだ」アーティガンが言った。

「死んでいる？」ローレンスは茫然と返し、疑いをいだきつつも、アーティガンの主張を聞いた。それによると、イスタンブール駐在の英国大使、ミスタ・アーバスノットは、わずか一週間前に狩猟中の事故で命を落としたという。だが、事故の詳細は不明。さらにいまのところ、英国国王の代理を務める者はイスタンブールにいないという。

「代理の者がいないのであれば、わたしが直接、身の証《あかし》を立てるしかありません」

ローレンスは驚きに打たれながらも、テメレアが泊まる場所をどうしたものかと思案した。「わたしは英国と貴国とのあいだで交わされたある契約にもとづく任務で、こちらにまいりました。これは遅延の許されない任務なのです」

「それほど重要な任務なら、お国の政府はもっとましな使者を立てるのではないかな」アーティガンが横柄《おうへい》な態度で言った。「皇帝陛下《スルタン》は数々のお仕事でお手がふさがっていて、宮殿の門を叩こうとする物乞いに、いちいちかかずらってはいられない。宰相《さいしょう》たちの手を軽々しく煩《わずら》わせるわけにもいかない。だいいち、おまえらが英国政府から遣《つか》わされた者だという話も信用ならない」

ローレンスの申し出を退《しりぞ》けたアーティガンの顔には、してやったりという表情が浮かび、強い敵意がうかがえた。ローレンスは冷ややかに返した。「あえて申しあげますが、そのような無礼千万《ぶれいせんばん》な態度は、ご自身を辱《はずかし》めると同時に、皇帝陛下の統《す》べるお国の不名誉にもなりかねません。まさか本気で、わたしたちが作り話をしているとお考えではないでしょうね」

「ペルシアからあらわれたおまえらと、野蛮なけだものどもが、英国政府代理だなどと、まだぬかすわけだな」

ローレンスにはアーティガンの非礼をやりこめるきっかけがつかめなかった。そこへ、テメレアが巨大な頭を突っこんできた。卵の時代にフランス軍のフリゲート艦で数か月を過ごしたテメレアは、フランス語も巧みに操った。「ぼくらはけだものじゃない。それにぼくの友だちは、あの牛がそっちのものだってことがわかっていなかっただけだ。人に危害を加えるようなことはしないし、ぼくらと同じで、スルタンに会うためにはるばるやってきたんだ」

テメレアの冠翼が逆立って大きく開いた。半ば持ちあがった翼が地上に長い影を落とす。両肩がぐっと前にせり出し、肩の腱《けん》がぴんと張って盛りあがった。テメレアはそのまま頭を前に突き出し、一本が人の脚ほどもある、のこぎり状の歯をアーティガンに見せつけた。アーティガンのドラゴンが鋭くけたたましい声を張りあげて前に出てきたが、ほかの見張りドラゴンたちはテメレアの猛々しい力の誇示を本能的に恐れ、加勢しようとしなかった。アーティガンもやむをえず、自分を気遣うドラゴンの前足のそばに引きさがった。

「言い争いはやめましょう」ローレンスは、アーティガンが黙った隙を逃さずに言った。「ミスタ・サルカイと副キャプテンがあなたの部下に同行し、街まで行くというのはどうでしょう。ほかの者はここに残ります。仮にあなたのおっしゃるとおり、英国政府の正式な代理がいないとしても、亡き大使の代理が、皇帝陛下や諸大臣のお心にかなう形で、われわれの謁見を差配するにちがいありません。皇帝陛下の財産である家畜の弁償にも、きっと力を貸してくれるはずです。テメレアも言ったように、牛が死んだのは事故であって、悪意があってのことではないのです」

アーティガンは明らかにこの提案が気に入らず、テメレアがそばから離れないので、どうやって拒もうか考えているようだった。口を何度かぱくぱくさせたのち、弱々しい声ながら「無理な話だ……」と言いはじめた。そこでテメレアがまたも低いうなりをあげると、オスマン軍のドラゴンたちが後ずさった。突然、耳を聾《ろう》するドラゴンの遠吠えや金切り声がはじまった。アルカディと仲間のドラゴンが宙に跳びあがり、しっぽを打ち振り、かぎ爪で空を掻き、翼をばたつかせ、声をかぎりに叫んでいた。オスマン軍のドラゴンたちも驚いて大声で騒ぎだし、翼を広げて飛び立とうとしている。ドラゴンたちのあげる騒音はすさまじく、どんな命令の声も掻き消してしまうほどだった。しかし、テメレアがぬっと立ちあがり、その大音量の不協和音を奏でる一群の頭上で、ひと吼えした。その声が雷鳴のように長くとどろいた。

オスマン軍のドラゴンたちがわめきながら後ろ足で後退し、互いに翼をぶつけ合い、本能的な恐怖に駆られて、味方や見えない敵に咬みついた。その混乱のなか、アルカディたちはチャンスを逃さなかった。牛の死骸に突進し、オスマン軍のドラゴンたちの鼻先からすべての牛をかすめ取り、一斉に空へ飛び立った。仲間のドラゴンがわれ先にと逃げていくなか、アルカディだけが両前足に一頭ずつ牛をつかんだまま引き返してきて、テメレアに礼を言うようにうなずいてみせた。こうして野生ドラゴンたちは空で縦一列となって、ぐんぐんとスピードをあげ、安全な山岳地帯に向かってまっしぐらに飛んでいった。

呆気《あっけ》にとられ、しばらく沈黙がつづいたが、突っ立っていたアーティガンがはっとわれに返り、怒りで舌をもつれさせながら猛然とまくしたてた。ローレンスは心の底から恥じ入り、オスマン語を理解できなくてかえってよかったと思った。ローレンスですら、あの山賊《さんぞく》ドラゴンどもを全員まとめて撃ち殺してやりたかった。自分の部下たちの前で、そして、この一行を拒絶する口実に飛びつきたいアーティガンの前で、すっかり嘘つきにされてしまった。すべてはあいつらのせいだ。

アーティガンのここまでの頑迷《がんめい》さは、激しくほとばしる怒りに変わっていた。頰が紅潮し、にじんだ汗が大きくふくらんで玉となり、ひたいから落ち、口ひげのなかに消えた。オスマン語とフランス語の交じった脅し文句が矢継ぎ早に口から飛び出してくる。

「われわれが侵入者をどう扱うか、教えてやろう。あの盗賊ドラゴンどもが皇帝陛下の家畜を虐殺したように、おまえらを八つ裂きにして、野ざらしにしてやる」アーティガンは、こいつらが、と言うようにオスマン軍のドラゴンたちを示してみせた。

「ローレンスにもぼくのクルーにも、ぜったい手出しはさせないぞ」テメレアが声を荒らげ、息を深く吸いこんで胸をふくらませた。オスマン軍のドラゴンたちが不安そうにざわめいた。〝神の風《ディヴァインズ・ウィンド》〟をじかに体験していなくても、テメレアの咆吼の威力が本能的に察知できるのだ。だが乗り手たちはそうではなかった。乗り手が攻撃命令を出せば、ドラゴンたちはけっして拒否しない。テメレアがたった一頭で半ダースものドラゴンを打ち負かせることを証明しようとすれば、無駄に命が失われることになるだろう。

「もういい。テメレア、引くんだ」ローレンスはそう言うと、アーティガンに向かって断固とした口調で言った。「あの野生ドラゴンたちがわたしの指揮下にないことはすでにお伝えました。また、損害を与えたことについても弁償するとお約束しました。まさかこの状況で、お国の承認もなく、英国と一戦を交えようとするおつもりはありますまい。わたしたちは、そのような敵対行為におよぶつもりは毛頭ありません」

ローレンスはフランス語でなんとかこれだけ言ったが、意外にもサルカイがオスマン語に翻訳し、オスマン軍のほかの飛行士たちにも聞こえるように大声で伝えた。飛行士たちが不安げに顔を見合わせた。アーティガンは憎々しげにサルカイをにらみつけ、「そこから動くな。さもないと命の保証はない」と吐き捨てると、味方のドラゴンのほうに足早に向かい、何事かを命令した。

こうしてアーティガンたちは全員で少しだけ飛んで移動し、街道のきわにある果樹の木陰に陣取った。その道は市街に通じており、ローレンスたちをぜったいに街へは近づかせるものかという意思表示のようだ。隊のなかでいちばん小柄なドラゴンが舞いあがり、勢いよく街の方角を目指し、すぐに見えなくなった。

「どうせ悪い知らせを伝えにいったんです。とんでもないやつらが来て暴れたとか」グランビーがローレンスの望遠鏡を借りて、飛び去るドラゴンの姿を追いながら言った。

「そう言われてもしかたがない」ローレンスはむっつりと返した。

テメレアがすまなそうに地面を引っ掻いて言った。「だってあいつら、態度が悪すぎるよ……」

日差しを避けられる場所はほとんどなかった。見張りドラゴンたちの監視の目の届かないところまで行くなら別だが、それをいま実行に移すのはまずい。そこで、すぐそばの小さな丘にはさまれた場所に簡易テントを張り、体調の悪いクルーたちにわずかな日陰を与えた。「牛を全部持っていかれちゃったね」テメレアがいかにも残念そうに言い、アルカディたちが飛び去った方角を見やった。

「もうちょっと辛抱すれば、きみもアルカディたちも、泥棒ではなく大事な客としてごちそうにありつけたのにな」そう言うローレンスもひどく腹が減っていた。テメレアは口答えせず、うつむくだけだった。ローレンスは立ちあがり、もう一度望遠鏡で街の方角を見てくると言い残し、少しだけ歩いた。先刻と状況にさしたる変化はなかった。数人の牧夫が見張りドラゴンの食糧になる牛を追い立て、オスマン軍の飛行士たちが飲み物をとっていた。

望遠鏡をおろし、彼らに背を向けた。口が渇き、唇がひび割れていた。自分に割り当てられた水は、咳の止まらないダンにやってしまった。食糧を調達に出かけるには時間が遅すぎる。朝を待って、クルーの数人を、狩りと水の補給に送り出すしかないだろう。ただし、誰何《すいか》されれば、言葉の通じない異国の地ではそれだけで危険を伴う。もしこのままオスマン軍の連中が考えを改めなければ、どうすればよいのか。いまは、これだという答えが見つからない。

「市街を迂回して、ヨーロッパ側からもう一度入国してみるとよいのでは？」ローレンスが急ごしらえの野営地に戻ってくると、グランビーが提案した。

「ロシアからの侵攻に備えて、北方の丘に見張りが配備されております」サルカイが手短に返答した。「見張りに見つからないように一時間は飛ぶ覚悟が必要です。見つかれば、イスタンブールじゅうが上を下への大騒ぎになりますから」

「キャプテン、誰かやってきます」ディグビーが街の方角を指さして言い、議論は打ち切りになった。伝令竜が、大型ドラゴンの護衛二頭を引き連れて、こちらに近づいてくる。照りつける夕日が体色を消し去っているが、夕空を背景に、大型ドラゴンのひたいから生えた二本の太い角のシルエットがくっきりと見える。蛇のように身をよじりながら飛ぶその長い背中に棘《とげ》状の突起が並んでいる。ローレンスは、そのようなカジリク種を以前にも見たことがあった。あれは〈ナイルの海戦〉だった。フランス艦隊の旗艦ロリアン号が、炎と煙を空まで噴きあげる光景がよみがえる。あの巨艦が、オスマン軍のカジリク種による火噴き攻撃を受けて爆沈するところを目の当たりにしたのだ。

「怪我から回復していない者を全員テメレアに乗せるんだ。火薬と爆弾はすべておろせ」ローレンスは厳しく命じた。テメレアがもし火噴き攻撃をかわせなかったとしても、火傷だけなら命は助かる。だが腹側の収納ネットに火薬や弾薬をおさめたままだと、わずかでも炎に舐められたが最後、あの不運なロリアン号と同じ運命をたどることになるだろう。

クルーは大急ぎで作業を進め、地上に丸い爆弾を小さなピラミッド状に積み重ねる一方、ケインズがもっとも容態の悪いクルーたちを革紐で板に固定し、腹側の収納ネットに押しこんだ。帆布類が空気をはらんでどさっと投げ落とされ、ハーネス修復用の革がそれにつづいた。「お耳障《ざわ》りなことで恐縮ですが、ローレンス、あちらの出方がわかるまで、テメレアに乗っていてもらえませんか」キャプテンの命《いのち》を最優先してグランビーが提案したが、ローレンスは苛立って拒絶し、自分とグランビーだけ地上に残ることを言い渡し、あとのクルー全員をテメレアに乗りこませた。ただし、攻撃を受けた際、テメレアがすぐ手を出せる範囲から出ていかないことにした。

カジリク種のドラゴン二頭は、ローレンスたちとわずかに距離をあけて着地した。その体色は鮮やかな緋色《ひいろ》で、豹《ひょう》のように、黒いふち取りのついた緑の斑《ぶち》が散っている。ドラゴンたちは長くて黒い舌をちろちろと出した。猫が喉を鳴らす音とやかんの沸く音が混じったような、低いうなりが聞こえてくる。残照のなか、背中のこぶに並んだ細い突起から、蒸気が白い筋となって噴き出しているのが見えた。

キャプテン・アーティガンが、細めた目に敵意と慢心《まんしん》を宿して、ふたたび近づいてきた。伝令竜からふたりの黒人奴隷《どれい》がおりてきて、つぎにあらわれた男が伝令竜の肩からおりるのを、うやうやしく手助けした。

男は奴隷の手で支えられながら、地面に置かれた小さな折りたたみ式の踏み台に足をおろした。色とりどりの絹糸で刺繍された豪華な長衣をまとい、白い羽根を飾ったターバンで頭を包んでいる。アーティガンがその人物の前で深々とお辞儀し、ハサン・ムスタファ・パシャだとローレンスに紹介した。最後の〝パシャ〟は姓《せい》ではなく、この帝国の宰相クラスの高官に与えられる称号であることを、ローレンスはなんとなく覚えていた。

少なくとも宰相が出てきたことはよい兆しだ。奇襲をかけられるよりもずっといい。アーティガンが冷ややかにローレンスの紹介を締めくくると、ローレンスはぎこちないフランス語で切り出した。「お詫《わ》びを申しあげるお許しをいただきたいのですが――」

「いやいや！ もう充分です。さあ、この話はもうおしまいにしましょう」ムスタファが言った。ムスタファのフランス語は、ローレンスよりもはるかに流暢《りゅうちょう》で、ローレンスのたどたどしい挨拶をたちどころに封じこめてしまった。そして、みずから手を差し出し、厚意にあふれたやり方でローレンスの手を握った。アーティガンがすっかり面子《メンツ》をつぶされ、真っ赤になってにらみつけているその横で、ムスタファは、ローレンスのさらなる謝罪や説明を手を振って退けた。「あの浅ましい山のけだものどもに捕まるとは、運が悪かった。しかしそれはそれ、導師《イマーム》がおっしゃるように、野に生まれたドラゴンは、預言者《ムハンマド》を知らない、魔王のしもべなのですから」

テメレアがこの発言にむっとして鼻を鳴らしたが、ローレンスは安堵のあまり、異を唱える気にはなれなかった。「なんというお心の広さでしょう。わたしの感謝の念をお汲みとりください。すでにご厚意に甘えてはおりますが、わたしたちを受け入れてくださるように、いやしくもお願いする次第で——」

「ああ、とんでもない！」ムスタファはローレンスに最後まで言わせなかった。「もちろん大歓迎ですよ、キャプテン。はるばるお越しくださったのですから。われわれのあとについて、街にいらしてください。われらが偉大なる皇帝陛下は寛大にも、あなたがたを宮殿の客人としてお迎えするようにとお命じになりました。あなたがたには宮殿のお部屋を、そちらのドラゴンには涼しい庭園を用意しております。長旅の疲れを癒《い》やし、元気を回復されますように。そしてこの悲しい誤解については、もうこれ以上考えないようにいたしましょう」

「正直に申しあげて、その提案には差し迫った任務よりも、よほど心を惹《ひ》かれます。恩恵にあずかり、旅の垢《あか》を落としたいのは山々ですが、長居はできない身です。すぐに出ていかねばなりません。わたしたちは、契約どおりに、ドラゴンの卵を引き取りにまいりました。ただちに卵をイングランドに持ち帰らねばならないのです」

ムスタファの笑顔が一瞬にして引っこみ、ローレンスの手をまだ握りしめていた両手に力がこもった。「ああ、なんということか。キャプテン、なにもご存じなく、ここまではるばる来られたとは……」ムスタファの声がさらに大きくなった。「卵をお渡しすることはできないのですよ」

# 第二部

# 6　豪奢なる牢獄

象牙《ぞうげ》の小さな噴水が四方八方に水を噴いて、あたりをひんやりとした霧で包んでいた。噴水池の水面《みなも》にオレンジの木が枝を伸ばし、芳しく熟《う》れて揺れる果実にも緑の葉にも雫《しずく》が玉となっている。テラスの手すりに近づくと、贅を尽くした庭園を見おろすことができた。木洩《こも》れ日《び》のなかで満腹になったテメレアがまどろみ、テメレアの体を拭き終えた年少の見習い生たちも、その脇腹に身をあずけて眠っている。

ローレンスたちにあてがわれた部屋そのものも、まるでお伽《とぎ》ばなしの世界のようだった。床から金箔《きんぱく》張りの天井まで、壁を埋めつくす白と瑠璃《るり》色のタイル。真珠貝の象嵌《ぞうがん》をほどこした鎧戸《よろいど》。窓下に置かれたビロード張りの椅子。幾千もの赤を織りこんだような複雑な色合いの厚い絨毯《じゅうたん》が床に敷かれて、部屋の中央には、身の丈の半分ほどの大きな花瓶が台座にのって、花々や草木の蔓《つる》がふんだんに生けられていた。だがローレンスは、その花瓶を、部屋の壁に叩きつけてやりたい心境だった。

「あんまりじゃないですか」グランビーが部屋を歩きまわりながら言った。「言い訳たらたらでごまかしたかと思えば、今度は、下劣なほのめかしで、哀れなヤーマスを盗人《ぬすっと》扱いして――」

先刻まで、ムスタファがひたすら釈明するのを聞かされていたのだ。彼の説明によれば、ドラゴンの卵を譲渡する契約は正式には結ばれていなかった。さまざまな問題が生じて締結《ていけつ》が延期され、英国大使が狩猟中に事故死した時点で、ドラゴンの卵の代価は支払われていなかったのだという。ローレンスはその説明に疑いをいだいたが、とりあえずは大使の部下と話がしたいのでこれからすぐに公邸に連れていってほしいと頼んだ。すると、ムスタファはかすかに憂慮《ゆうりょ》の表情を浮かべ、大使の死後、公邸の者たちは大急ぎでウィーンに発ち、大使の秘書だったジェームズ・ヤーマスは行方不明になっているのだと打ち明けた。

「ヤーマスが悪事に手を染めたとは申しませんが、支払い用の金貨という大きな誘惑があったわけでして……」ムスタファはそう言って、両手を大きく広げて肩をすくめた。なにを言いたいかは明らかだった。「キャプテン、残念ながら、われわれには責任を負いかねるということをご理解いただかなければなりません」

グランビーが憤然とつづけた。「あんな話、一言一句信じられません。契約が宙ぶらりんだというのに、中国にいるぼくたちにイスタンブールに来るようにと、わざわざ手紙を寄こすなんてことが――」

「そうだ、筋が通らない」ローレンスも同じ意見だった。「契約に少しでもあやふやなところがあるなら、レントンは命令書にあんなふうにきっぱりと書かなかったはずだ。オスマン側は、自分たちが非をかぶらない方法で、契約を反故《ほご》にしたいだけだろう」

ローレンスが抗議しようが、ムスタファは笑顔を絶やさず釈明を繰り返し、一行を歓待するとなおも言い張った。クルーはみな疲れてほこりまみれになっているし、ほかに打つ手もなかったので、ローレンスはとうとうムスタファの申し出を受け入れた。事の真相を明らかにし、事態を望ましい方向に進めるためにも、とりあえずイスタンブールに身を落ちつけたほうがいいと判断したためでもある。

ローレンスとクルーたちは宮殿の敷地に建つ、二棟の豪奢《ごうしゃ》な離れをあてがわれた。離れの周囲にはテメレアが寝場所にできる広々とした緑濃い芝地もあった。宮殿はボスポラス海峡と金角湾が交わるあたりの岬の丘に建っていたので、ローレンスたちは宮殿に向かって降下しながら、はるかな水平線や海上に浮かぶ船舶など、視界三百六十度の絶景を眺めることができた。

しかし、もはや引き返せないところまで来て、自分たちが金ぴかの鳥かごに足を踏み入れてしまったと気づいた。こうして空を飛び、比類なき絶景を見ることになったのは、宮殿が人の行き来のむずかしい場所に、外界との接触を断つようにして、窓のない高い城壁にぐるりと囲まれて建っているからなのだ。案内された宿舎には海に臨む窓があったが、鉄格子《てつごうし》がはめられていた。

空から見たとき、その離れは四方に大きく広がった宮殿の中心を成す建物とつながっているように見えた。しかし地上におりると、建物どうしを結んでいるのは、壁はなく屋根があるだけの通路だとわかった。正殿《せいでん》に通じているとおぼしき扉や窓にはすべて鍵がかけられ、部外者の立ち入りは禁じられ、黒い鎧戸がその向こうをのぞくことすら拒んでいた。離れのテラスからおりていく階段の下には、幾人かの黒人奴隷が見張りに立ち、庭園にはカジリク種のドラゴンたちがとぐろを巻くように地面に伏して、ぎらりと光る黄色い眼で油断なくテメレアを見張っていた。

ムスタファは上機嫌《じょうきげん》で歓迎の意を表したが、ローレンスたちがつつがなく軟禁されたことを見とどけると、つぎにいつ来るかは約束しないまま、そそくさと消えた。それからもう三回も礼拝の時間を告げる声が聞こえた。そのあいだにローレンスたちは、この豪奢な牢獄《ろうごく》とも言うべき離れを、二度にわたってすみずみまで調べた。だがこれだけ時間がたっても、ムスタファは戻ってこない。見張りたちは、一行の誰かが離れから庭園におりてテメレアに話しかけても気にしなかったが、ローレンスが彼らの肩越しに、ほかの敷地につながる小径を指さすと、にこやかに笑いながら、かぶりを振った。

こうして隔離されながらも、テラスや窓からは好きなだけ宮殿の生活を眺めることができた。それがよけいにじれったかった。さまざまなタイプの男たちが、なにかの目的を持ってせわしげに、敷地内を行き交っていた。頭にうずたかくターバンを巻きあげた役人、盆を運ぶ召使い、かごや手紙を持って早足に行き過ぎる年若い小姓《こしょう》たち。長い顎ひげを生やして地味な黒い服を着た、医師のような風体《ふうてい》の紳士が、ローレンスたちの宿舎から少し離れた小さな建物に入っていくところも見えた。多くの者はローレンスやクルーたちを物珍しげに眺めた。小姓たちは歩をゆるめて、庭園にいるドラゴンをじっと観察していたが、声をかけると、周囲の目を気にしてか、なにも答えずさっと立ち去った。

「見ろよ、あそこにいるのは女かな」ダンとハックリー、ポーティスの三人が、テラスで望遠鏡を奪い合っていた。部屋のテラスは、石敷きの小径から二十フィートもの高さがある。彼らは無謀にもそのテラスの手すりから半身を乗り出し、庭園の向こうをうかがっていた。役人がひとりの女性と話している――いや、その装いから女性と想像されるだけで、装いの中身が男であっても、オランウータンであってもわからないだろう。その女性の頭部と両肩には、厚地ではないが黒っぽいヴェールが巻きつけられており、顔のなかで覆われていないのは両目の部分だけだった。日中の暑さにもかかわらず、宝石のついた靴をはいた足まで届く長いマントをはおり、両手まで見えないようにマントの正面にある深い切れこみに隠していた。

「ミスタ・ポーティス」ローレンスは厳しい声で注意した。年長の空尉候補生ポーティスが、なんと指笛を吹こうとしていた。「きみは手がすいているようだから、下に行って、テメレアの用足しの穴を新しく掘ってくれ。用足しが終わったら、また埋め直しておけ。いますぐやってくれ」ポーティスが面目《めんぼく》なさそうにこそこそと立ち去り、あわてて望遠鏡をおろしたダンとハックリーは、疚しいところなどないという見え透いた演技をした。それを見てローレンスが「それからきみたちは――」と言おうとしたところで、サルカイがふたりを窮地から救った。

なんと、今度はサルカイが望遠鏡を使っていた。ローレンスは話を中断し、ヴェールをまとった女性をテラスから望遠鏡でうかがうサルカイを憤然と眺めた。「もし！」と、堅苦しく声をかける。「宮殿の女性に干渉《かんしょう》しないでいただきたい」「あれはハレムの女性ではありません」サルカイが答えた。「ハレムがあるのは南側の、あの高い壁の向こうで、女性たちは外に出ることを許されていません。彼女がハレムの女性なら、これほど姿をはっきり見ることはできないでしょう」サルカイは望遠鏡をおろして姿勢を正した。女性が振り返って、ローレンスたちをじっと見た。その黒い瞳がのぞく部分だけ、長い衣に隠れた白い肌が見えている。

幸いにも、その女性が悲鳴をあげることはなかった。女性と役人はすぐさま歩き出し、視界から姿を消した。サルカイが望遠鏡をたたんでローレンスに手渡し、平然と歩み去った。ローレンスは望遠鏡をぐっと握りしめた。「ミスタ・ベルのところに行って、新しい皮をなめす作業を手伝うように」ダンとハックリーにはもっと厳しい罰を与えようとしたのだが、それを自粛《じしゅく》したのは、ふたりをサルカイの分まで罰するようで気が引けたからだった。

ダンとハックリーがあわてて出ていくと、ローレンスはふたたびテラスを行きつ戻りつし、その端で立ち止まり、イスタンブールの市街と金角湾を見渡した。夕闇が迫っていた。きょうはもう、ムスタファは戻ってこないだろう。

「これで、一日が無駄になったわけですね」一日の最後の礼拝時間を告げる声とともに、グランビーがローレンスのもとに戻ってきた。近隣の幾多のモスクの尖塔から、礼拝を呼びかける声がする。いちばん近い声は、テラスから見える中庭とハレムとを隔てる高い煉瓦塀のすぐ向こうから聞こえてきた。

ローレンスは明け方に、ふたたび礼拝を呼びかける声で目覚めた。鎧戸をすべて開け放しておいたのは、涼を求めてでもあったが、夜間でもベッドから頭をもたげれば、宮殿のそこここに吊るされたいささか不気味なランタンの薄明かりで、テメレアが安全に眠っている姿を確認できるからだった。そしてこの日も、ムスタファからはなんの沙汰《さた》もなく、礼拝時間を告げる声を五回聞かされた。ローレンスたちの到着が公式に承認されていることを示すような、誰かの訪問も伝言も、その気配すらもなく、数人の召使いがすばやく無言で食事を運びこむだけで、その際も、召使いたちはローレンスたちからなにか問われるのを恐れるように、足早に立ち去った。

ローレンスが提案し、サルカイにオスマン語で見張りに話しかけさせてみた。しかし、見張りたちは曖昧な返事とともに肩をすくめ、口をあけ、なんとも酷《むご》いことに、舌が切除されているのを示してみせた。手紙を運んでほしいと頼んでも、彼らは頑《かたく》なにかぶりを振った。そのような目的で仕事の持ち場を離れたくないからなのか、ひょっとして、外部と連絡を取らせないように命じられているからなのか……。

「見張りを買収《ばいしゅう》してはどうでしょう？」グランビーが言った。もう夜になろうとしているが、まだなんの連絡もない。「数人でも外に出られたらいいんですが。この街の誰かなら、英国大使の部下たちになにが起こったのかを知っているはずです。大使館の全員が出国したなんてありえませんから」

「買収できるかもしれない。ただ、買収になにを使うかだな」ローレンスは言った。「手持ちの金がひどく少なくなっているんだ、ジョン。おそらく見張りたちは、わたしが渡せる程度の金など鼻であしらうだろう。命とまではいかなくても、食《く》い扶持《ぶち》がかかっているとなれば、金をちょっと渡したぐらいで、宮殿の外に出してくれるかどうかは怪しいものだ」

「それなら、テメレアに壁をぶち壊してもらって脱出するっていうのは？　そうすれば、少なくとも向こうの注意を引くことはできます」グランビーがまんざら冗談でもなさそうに言い、手近な長椅子にどさっと腰をおろした。

「ミスタ・サルカイ、また通訳をお願いしたい」ローレンスはもう一度、見張りと談判しにいった。見張りたちは、最初こそ幽閉された客を機嫌よく大目に見ていたが、そのうち面倒くさそうな態度をとるようになった。この日、ローレンスが見張りに声をかけるのは六度目だった。「ランプ用の油がもう少し、それと蠟燭《ろうそく》も必要だと伝えてほしい」ローレンスは、サルカイに言った。「それから、もしあれば石鹼《せっけん》と洗面用具も」と、その場で思いついたささやかな要求も追加する。

やがてローレンスの期待したとおり、よく見かける若い小姓のひとりが、必要な品々を調達する係としてやってきた。銀貨を一枚差し出すと、小姓はたいそう感激し、ムスタファに伝言を届けると約束した。まずは見張りたちから怪しまれないように、小姓に蠟燭やらなにやらを取りにいかせてから、ローレンスはペンと紙を取り出し、なるべく辛辣で堅苦しい手紙をしたためた。にこにこしているだけの紳士に、いつまでもこの離れ家におとなしくしているつもりはないことを伝えるつもりだった。

「三つめの段落の最初だけど、なにが言いたいのか、よくわからない」ローレンスがフランス語で書いた手紙を読んで聞かせると、テメレアは困ったように言った。

「『貴殿の意図がなんであれ、当方からの質問に答えぬまま放置する行為は――』」ローレンスは英語に言い換えた。

「ふふん」テメレアが言った。「〝貴殿の意図〟か。意図《コンセプシオン》じゃなくて、〝貴殿の図案《デサン》〟になってるよ。それからローレンス、〝国王陛下の忠実なる家政婦《ドメスティーク》として〟はおかしいんじゃない？」

「ありがとう、テメレア。助かるよ」ローレンスは単語を直すと、〝幸甚《こうじん》〟の綴りは、heuroo だったと思い出し〔正しくは heureux〕、ようやく書きあげた書状を折りたたんで、ちょうど蠟燭や香りの強い石鹸をかごに詰めて戻ってきた小姓に手渡した。

「祈るばかりですよ、あの小姓が渡した紙を火にくべないことを」グランビーは、小姓が不用心にも片手に銀貨を握りしめたまま小走りに出ていったあと、ローレンスに言った。「あるいはムスタファ本人が丸めて捨てないことを」

「ともかく、今夜はなんの連絡もないだろう」ローレンスは言った。「眠れるうちに眠っておいたほうがいい。もしあの手紙になんの返事もなければ、明日はマルタ島に急行する方法を考えよう。ここの海岸にはたいして砲台がない。わたしたちがマルタ島から英国海軍の一等級艦とフリゲート艦二隻《せき》でも引き連れてくれば、向こうの対応も百八十度変わると思う」

「ローレンス」外からテメレアに呼びかけられて、ローレンスは濃密で真に迫った航海の夢から引き戻された。起きあがって、顔の水滴をぬぐった。夜のうちに風向きが変わり、噴水の水しぶきが窓から吹きこむようになっていた。

「なんだい?」ローレンスは呼びかけに応え、寝ぼけまなこのまま、テラスに出て噴水池で顔を洗った。テラスから庭園につづく階段をおり、あくびをしている見張りに軽くうなずいて挨拶した。テメレアがなにかに興味をそそられて鼻づらをこすりつけてきた。

「いい匂いがする」テメレアがうっとりして言った。ローレンスは小姓が持ってきた、あの強い香りのする石鹼で体を洗ったことを思い出した。

「あとで洗い落とさなくては」と、うろたえて言う。「おなかがすいたのかい?」

「そうじゃなくて、伝えなくちゃならないことがあるんだ。ベザイドやシェヘラザー

ド と 話してたんだけど、卵がもうすぐ孵《かえ》るだろうって言ってるよ」

「誰と話したって?」ローレンスは一瞬とまどったのち、庭園にいる二頭のカジリク種のドラゴンに目をやった。ドラゴンたちも心なしか興味を覚えたように、つやめいた眼をしばたたき、見つめ返してくる。「テメレア」ローレンスはゆっくりと確かめるように尋ねた。「わたしたちが譲り受けるのは、あの二頭を親とする卵という意味なのか?」

「そうだよ。ほかにも二個あるんだけど、そっちはまだ〝硬化〟がはじまっていないんだって。たぶんそう言ってると思う。彼らはフランス語とドラゴン語をちょっぴりしか知らなくて、オスマン語で話すしかなかったから」

テメレアがすでにオスマン語を習得しているという事実も受け流すほど、ローレンスはこの新しい情報にびっくりした。英国ではドラゴンの計画的な繁殖がはじまって以来、英国種に火噴きの血統を取り入れる努力が重ねられてきた。十五世紀の〈アジャンクールの戦い〉でフランス軍を破ったとき、英国にフロム・ド・グロワール〔栄光の炎〕種が数頭連れてこられたが、百年そこそこでこの火噴き種の最後の一頭まで死んでしまい、それ以降は失敗がつづいている。

フランスとスペインは、近接する国家がこの破壊的戦力を持つのを許すはずがなく、当然ながら、火噴き種を英国に譲るなどありえない話だった。一方、オスマン人は長いあいだ、非イスラム教徒である英国人との取引に熱心ではなかった。もちろんそれは、英国人の異教徒への対応と同じだ。

「たった十数年前の話ですが、英国はインカ族とも交渉したんです」ローレンスから話を伝え聞き、色めきたったグランビーの顔に赤みがさした。「でも結局、骨折り損でした。莫大《ばくだい》な金額を提示されて相手は喜んでたようなんですが、突如としてこちらが持参した絹やら紅茶やら銃やらを突き返され、追い出されました」

「インカ族にいくら提示したか、憶えているか？」ローレンスはそう尋ねて、グランビーが口にした金額に度肝《どぎも》を抜かれた。シェヘラザードが澄ましたようすで、自分の卵にはもっと高値が、信じられないような途方《とほう》もない値がついたのだと、怪しいフランス語で自慢した。

「驚いたな。そんなとんでもない額をどうやって調達したのか見当もつかない」ローレンスは言った。「一等級艦六隻に加えて、ドラゴン輸送艦も一隻建造できる」

議論のあいだ、テメレアは尻だけ落としてすわり、ぴくりとも動かなかった。しっぽを体にしっかりと巻きつけ、冠翼を逆立てている。「卵をお金で買うつもりなの？」テメレアが言った。

「もちろん――」ローレンスは驚いた。金と引き換えに卵を手に入れることをテメレアが理解していないとは、気づいていなかった。「そう、買うんだ。だが見てごらん、彼らは自分たちの卵を引き渡すことに反対していない」ローレンスはいささか不安になって、カジリク種のつがいをちらっと見ながら言った。見るかぎり、二頭は子どもと引き離されることに抵抗はないようだ。

だがテメレアは、しっぽをビシッと地面に打ちつけ、ローレンスの意見を退けた。「もちろん彼らは気にしちゃいないよ、ぼくらがちゃんと卵の面倒を見るってわかっているんだもの。でもいつかあなたが自分で言ったように、なにかをお金で買ったら、それを所有することになって、自分の好きなようにしていいんでしょう？　もしぼくが牛を買ったら、ぼくはそれを食べていい。あなたがもし土地を買ったら、ぼくらはそこに住んでいい。あなたがぼくに宝石を買ってくれたら、ぼくはそれを身につけていい。もし卵が誰かの所有物なら、その卵から孵化したドラゴンだって所有物だ。だから人間がぼくらを、まるで奴隷みたいに扱ったって不思議はないんだ」

返す言葉がすぐには見つからなかった。奴隷制度廃止論者の家庭で育てられたローレンスは、人間を売り買いすべきではないということを、なんの疑いもなく理解している。テメレアの自由を求める気持ちもわからないではない。しかし、いくらなんでも、ドラゴンと、囚《とら》われの身で生きる不運でみじめな奴隷の境遇を同一視するのは行き過ぎではないだろうか。

「卵が孵化したあとは、仔ドラゴンを好きに扱えるわけじゃない」グランビーが、テメレアを説得できそうなひらめきを得て、口をはさんだ。「ハーネスをつけさせてくれるように、仔ドラゴンを説得するチャンスを買い取るに過ぎないんじゃないかな」

テメレアは、挑むように眼をきらりと光らせて言った。「じゃあ、もしも孵化した仔ドラゴンが、ハーネスをつけるのを拒んで、ここに飛んで帰ってきたがったら?」

「ええと、そうだな」グランビーが力なく言い、ばつの悪そうな顔をした。その場合は当然、野生化した仔ドラゴンとして繁殖場に連れていかれるだろう。

「少なくとも今回は、卵をイングランドに持って帰ることになっている。つまり、きみには、その卵から生まれるドラゴンの境遇を向上させるチャンスがあるということだ」ローレンスはテメレアを慰めようとして言ってみたが、テメレアはそう簡単には態度を変えず、この問題についてもっと考えたいのか、黙りこくって庭園の隅で丸くなった。

「ううむ、テメレアが扱いにくくなっているのは確かです」ローレンスと部屋に戻ると、当惑したグランビーが言った。

「ああ」ローレンスは暗い声で答えた。英国に帰ったら、ドラゴンたちの快適な生活のために、さまざまな改善策を実践できるだろうというある程度の目算はあった。レントン空将をはじめとする航空隊の幹部将校たちは、自分たちの権限のおよぶ範囲でなら、そのような提案を積極的に後押ししてくれるだろう。中国式ドラゴン舎に関する腹案もある。床下に温水を流した石敷きの床、パイプで水を引いてくる室内の池。これらの設備はテメレアも大いに気に入っていた。

　また、ゴン・スーが芸術的なドラゴン料理を料理人たちに広めてくれるだろう。故国に持ち帰るために、中国の書見台と砂を敷いた執筆用の盆が、すでにアリージャンス号に積みこんである。このふたつの便利な道具は西洋でも使えそうだ。ただし、テメレアは言語の才能だけでなく、読書好きという点でも特殊なドラゴンだ。ほかのドラゴンたちが同じように読み書きに興味を持つかどうかはわからない。それでも、この程度の希望ならかなえてやれる。たいした費用もかからないから、反対されることもないだろう。

問題は、航空隊の決定権や予算の範囲を超えてしまう案件だった。それを政府が喜んで推し進めるとは考えにくい。国をあげての改善を勝ち取りたいのであれば、ある程度強く打って出る必要もあるだろう。しかしローレンスとしては、そのような強行策に安易に賛同するわけにはいかなかった。

ドラゴンたちの異議申し立ては英国じゅうを震撼《しんかん》させる。強く出れば出るほど、主張の正当性は損なわれていくだろう。そしてドラゴンは信用できないという偏見を政府に植えつけてしまう。戦時中にこのような軋轢《あつれき》が生じる悪影響たるや、どんなに大げさに言っても言い足りないくらいだ。国内の混乱は英国にとって致命傷になりかねない。ドラゴンが不足する英国に、軍務よりも給与や法律上の権利に気をもむドラゴンの存在を許すような余裕はないのだ。

航空隊叩き上げの飛行士で、もっと訓練を積んだキャプテンなら、テメレアを軍務にのみ集中させて、不満をいだくような状態にはさせず、そのエネルギーを適切な方向に振り向けることができたのだろうか。ローレンスは、考えずにはいられなかった。

ドラゴンの扱いのむずかしさはごく当たり前のことなのか、なにかよい対処法はあるのか、グランビーに尋ねてみたい気もするが、キャプテンたるものが部下に助けを求めることなどできようはずもない。そもそも、この問題にこれ以上なにか助言を得られるのかどうか……。ドラゴンの卵を五十万ポンドもの大金を投じて購入し、それをオスマン帝国ではなくイングランドで孵化させられるかどうかの一点が問われている、この国家の一大事という状況で、卵を買うことと奴隷制度とをいっしょくたに論じることには現実問題として無理がある。どう考えてみても無茶な話だ。

ローレンスは、グランビーに助言を求める代わりに、「卵の硬化がはじまっているとしたら、期限の猶予《ゆうよ》はどれくらいだろう?」とだけ尋ねた。それからマルタ島から英国艦を連れてくるために要する日数を計算するため、手をあげて、海に臨むアーチ形窓から入ってくる風の強さを測ろうとした。マルタ島まで行くのは、テメレアが事前に充分な休息と食事さえとっていれば、三日で足りるだろう。

「ええ、孵化まで一、二か月ってとこですか。でもそれが三週間なのか十週間なのかは、実際に卵を見てみなきゃなんとも言えません。見たとしても、見誤ることはあります。ケインズに訊くのがいちばんですよ」グランビーは言った。「ですがご承知のとおり、孵化の瞬間までに卵を入手すればいいってものでもありません。その仔ドラゴンは、テメレアのように三か国語を覚えた状態で卵から出てくるわけじゃないでしょう。テメレアが例外なんです。その卵を手に入れたら、ただちに英語を教えにかからなきゃなりません」

「あっ、そうか」ローレンスは愕然《がくぜん》とし、風を測っていた手をおろした。言葉の問題など考えてもみなかった。テメレアは卵を獲得してから一週間足らずで卵から孵った。あのころは、テメレアが英語をしゃべることより、そもそも卵から出てきた生き物が言葉をしゃべるということに驚いていた。それくらいドラゴンについてなにも知らなかったのだ。いまもまだまだ、飛行士として経験が足りない。それでも事態は思っていた以上に急を要する展開になっていた。

「これでは皇帝陛下が、各国の元首に妙な印象を与えることにもなりかねません」ローレンスは、かろうじて平静を装って言った。「陛下のお手に渡るはずの五十万ポンドの大金が消え、英国大使が不慮《ふりょ》の死をとげた一件を、なんの調査もなく黙認なさるとは。あなたからご説明を受けた状況からすれば、貴国の同盟国であるわが英国に対して、たんに弔意《ちょうい》と事実報告だけですまそうとなされば、この先、大きな波紋を呼ぶことにもなりましょう」

「ですがキャプテン、いまも調査はつづけられているのですよ」ムスタファは蜂蜜《はちみつ》浸《づ》けの焼菓子をローレンスに勧めながら、弁解に終始した。

正午を過ぎてようやくあらわれたムスタファは、ローレンスのもとを訪れなかったのは、予期せぬ事態が発生し、それに忙殺されたからだと言い訳した。そして詫びのしるしに、贅を尽くした晩餐と余興でもてなしたいと申し出た。こうして二十数名もの召使いたちがせわしなく動きまわって、テラスの大理石の池のまわりに客人たちをすわらせる絨毯やクッションを敷き並べ、厨房から料理の皿をつぎつぎに運んできた。芳香の立ちのぼるピラフや、こんもりと盛られた茄子《なす》のペースト。肉と米を詰めたキャベツやピーマン。こんがりと焼けた肉の串焼きを薄く削《そ》ぎ切りにした料理。

テメレアが庭園からテラスへと首を突き出し、この騒動を見物し、とりわけ料理の皿に特別な興味を示し、くんくんと匂いを嗅《か》いだ。そして一時間前に極上の仔羊を二頭、腹に詰めこんでいたにもかかわらず、口の届くところに一瞬置かれた大皿から数口で料理をくすね、テメレアの歯形でへこんだ大皿を召使いたちが茫然と見つめることになった。

こうした料理にローレンスたちの気を逸らすだけの効果がなかった場合に備えてか、ムスタファは音楽と踊りまで用意していた。食事がはじまってほどなく、楽師たちがにぎやかに演奏をはじめ、薄物のたっぷりとしたパンタロンをはいた踊り子の一団が登場した。踊り子たちが腰をやたらと振り動かすものだから、ローレンスはただ赤面するしかなかったが、若手士官たちは喝采を送った。とりわけ行儀の悪いのが射撃手《ライフルマン》たちで、少なくともポーティスは前々日にローレンスから叱責されて学んでいたものの、若くてやんちゃなダンとハックリーは、たなびくヴェールをつかもうとしたり、口笛で囃《はや》したてたりと、恥知らずな行為におよんだ。ついにダンが床に片膝を突いて踊り子に手を伸ばそうとすると、リグズ空尉がダンの耳を横からつかんで引き戻した。

ローレンスの場合は、そんなふうに道を踏みはずす心配はなかった。色白で黒い瞳のチェルケス人の美女ばかりをそろえた踊り子軍団には、これで問題をうやむやにしてしまおうというムスタファの魂胆が見てとれた。そこに怒り心頭だったので、そうでなければ感じていたかもしれない邪念《じゃねん》は抑えこまれていた。だが、ローレンスがムスタファに話しかけようとすると、踊り子のひとりがローレンスに狙いを定めて近づき、両腕を大きく広げて、こぼれそうな乳房を見せつけ、腰といっしょにぶるぶると揺すった。そのあとはローレンスの隣に優雅にすわり、細い両腕を誘いかけるようにからめてきた。会話すらも封じこめようという妨害工作だ。女性を力ずくで押しのけるようなことは、ローレンスの性分からできようはずもなかった。

だが幸いにも、ローレンスを堕落から守る強力な味方がいた。テメレアが頭を突っこんで、嫉妬《しっと》交じりの目つきで踊り子を見やり、やたらとまぶしい大量の金鎖をさらに眼を鋭く細めて検分し、フンッと鼻を鳴らした。ぎょっとした踊り子は、あわてて立ちあがり、仲間の踊り子のほうへ戻っていった。

これでようやくローレンスはムスタファに話しかけられるようになり、納得のいく真相の究明をはかるように訴えることができた。だが、ムスタファは捜査が実を結ぶだろうという安請け合いでごまかした。「もちろんすぐですよ、もうすぐです。とはいえ、政府には仕事が山ほどありまして……キャプテン、きっとわかってくださると思いますが」

「宰相殿、失礼は承知ですが」ローレンスは率直に言った。「あなたがご自分の都合に合わせて、物事を引き延ばしかねないことはよくわかっています。しかし、あまりにも長く引き延ばし、あらゆる議論を意味のないものに貶《おとし》めようとなさるのなら、いまのわたしたちの忍耐も早晩、底を突くことでしょう。このような引き延ばしが、貴国にとって喜ばしくない結果をもたらさないとは言い切れませんよ」

この辛辣な物言いは、ローレンスがここまでなら脅迫できる、あるいは脅迫すべきだと感じるぎりぎりのところにあった。イスタンブールが海上封鎖や海からの攻撃に対していかに無防備な都市であるかを、そしてこの都市をたやすく攻撃できる距離にマルタ島があり、英国海軍が控えているという事実を、オスマン帝国の宰相たちが見逃しているはずがない。事実、このときばかりはムスタファも押し黙り、唇を固く引き結んだ。

「わたしは外交官ではありません」ローレンスは、さらに言った。「ですから、意図するところをうまい言葉でつくろってお伝えすることができません。あなたもわたしと同様、一刻を争う事態であることはわかっていらっしゃる。なのに、わたしたちをここに留め置いておられる。わざとそうしていらっしゃるとしか考えられません。英国大使が死亡、秘書官は行方不明、わたしたちが到着すると知っていながら、大使館関係者が全員いなくなった。しかも、大金が消えている。こんな話を鵜呑《うの》みにはできません」

　だが、これを聞いたムスタファが立ちあがり、両手を振りあげた。「いったいどうすれば納得していただけるのですか、キャプテン？　大使の公邸を訪れて、ご自身で捜査できればご満足いただけますか？」

　ローレンスは不意を突かれて、一瞬、言葉を失った。まさしく独自の捜査ができるような自由を得るためにムスタファに詰め寄ったわけだが、まさか向こうからいきなりこんな提案が出てくるとは思ってもみなかった。「そういう機会が持てれば、確かにありがたい」ローレンスは答えた。「大使公邸にいた召使いで、近隣に残っている者がいれば、その者とも話をさせていただきたい」

「まったくお勧めできません」宴席が終わり、グランビーが言った。舌を切り落とされた二名の見張りが、大使公邸の捜査に向かうローレンスの護衛という名目で、部屋に差し向けられたところだった。「あなたはここにとどまるべきです。ぼくがあなたに代わって、マーティンとディグビーを連れていきます。関係者を見つけたら、ちゃんと連れてきますから」

「この宮殿に外部の者を勝手に連れてくるのは、たぶん許されないだろう。オスマン側だって、英国人を街のどまんなかで始末するほど分別をなくしているわけではあるまい。ここにテメレアと三十名近い部下が残っているんだ。わたしになにかあったら、英国に知らせが行くことぐらい、彼らは承知している。だいじょうぶだ、抜かりなくやるよ」ローレンスは言った。

「ぼくも、あなたが出かけるのには反対だな」テメレアが不満を洩らした。「どうして、ぼくは行っちゃいけないのかわかんないよ」テメレアは、北京では街を自由に歩きまわることを許されていたし、辺境の地を旅するあいだも、行動になんの制限も受けてはいなかった。

「ここでは中国のようにはいかないだろうね」ローレンスは言った。「イスタンブールの街の通りは、きみが通れるほど広くはないだろう。もし通れたとしても、街の人たちをパニックに陥れてしまうかもしれない。それはそうと、ミスタ・サルカイはどこにいる?」

一瞬、全員がしんとなって、あたりを見まわした。サルカイの姿がどこにもなかった。ただちに全員の記憶を摺《す》り合わせ、昨晩以降、クルーの誰もサルカイを見ていないことが明らかになった。さらにディグビーが、サルカイの寝具がきちんとたたまれた状態で、いまも一行の荷物のなかにあることを指摘した。ローレンスはその寝具を苦々しい思いで見つめた。「そうか、わかった。サルカイが戻ることを期待して、出発を遅らせるわけにはいかない。ミスタ・グランビー、もしサルカイが戻ってきたら、わたしが話をする。監視をつけて引き留めておいてくれ」

「イエッサー」グランビーが沈んだ声で返事した。

英国大使の壮麗《そうれい》な公邸の前で立ちつくしていると、ローレンスの頭には、サルカイが戻ってきたら言ってやりたいせりふがあふれてきた。窓の鎧戸は固く閉じられ、玄関扉には内側からかんぬきがかかり、玄関前の階段に土ぼこりやネズミの糞《ふん》がたまりはじめていた。ローレンスがこの屋敷の召使いと話をしたいと身振りで伝えても、見張りたちはわけがわからないという顔で見つめ返すだけだった。近所の家も訪ねてみたが、英語もフランス語も、片言のラテン語もまったく通じなかった。

「キャプテン」三軒目の家から空しく戻ってきたローレンスに、ディグビーが声を落として言った。「建物の横手の、あの窓には鍵がかかっていないようです。ミスタ・マーティンに手伝ってもらえれば、ぼくがよじのぼって入ります」

「よく気づいた。落ちて首の骨を折らないよう、くれぐれも気をつけてくれよ」こうして、ローレンスはマーティンと協力し、ディグビーをテラスに手のかかるところまで押しあげた。飛行中のドラゴンの背を這いまわる訓練を受けた少年にとって、バルコニーの鉄の手すりを乗り越えるなど造作《ぞうさ》もないことだった。その窓は半分しか開かなかったが、小柄な士官見習いの少年は、身をよじってどうにかなかに入りこんだ。ディグビーが家のなかから正面玄関の扉をあけると、ローレンスは不安そうな見張りたちを振り切り、マーティンを従えて建物の内部に足を踏み入れた。玄関広間の床は麦わらや泥で汚れ、いくつも素足の足跡が残されていた。どうやら、大あわてで荷造りをして出ていったようだ。どの部屋も鎧戸をあけてもまだ薄暗く、音が反響し、残された家具調度には覆いがかけられ、見捨てられて主《あるじ》を待つ家特有の、幽霊でも出そうな雰囲気が漂っていた。静けさのなかで階段横の大時計の時を刻む音だけが、低いつぶやきのようにやけに耳についた。

ローレンスは二階にあがり、各部屋をめぐった。あちこちに紙が散乱していたが、荷造りの際に出たごみにすぎなかった。破れた布切れや焚きつけ用の紙の切れ端などもあった。だが広い寝室に入ると、書き物机の下に一枚の便箋が落ちていた。便箋には女性の筆跡で、幼い子どもたちの近況や、異国の街での興味深い出来事などが楽しげに綴られている。ごくありふれた私信だが、便箋の半ばで文章が途切れたままになっていた。ローレンスは私信をのぞいたことを申し訳なく思いながら、便箋を元に戻した。

廊下の先にあった小さめの部屋は、秘書官ヤーマスのものだったにちがいない。室内は部屋の主が小一時間外出しただけのように見えた。上着が二着、洗濯ずみのシャツが一枚、夜会用のスーツが一着吊るされ、バックル付きの靴が一足置いてある。机の上にインク瓶とペンがきちんと並び、蔵書は書棚に残されたままで、机の抽斗《ひきだし》に若い女性の顔を彫った小さなカメオが入っていた。だが、書類は持ち去られていた。少なくとも有用な情報が記された書類は残されていなかった。

ローレンスは手がかりを得られないまま、階下に戻った。ディグビーとマーティンも一階でたいしたものは見つけていなかった。どこもかしこも散らかっているが、犯罪や略奪行為をうかがわせる形跡はない。大使館員たちが、たいへんなあわてようでこの家を去ったのは確実だとしても、力ずくでそうさせられたわけでもないようだ。大使である夫が突然命を落とし、その不測の事態のなかで莫大な額の金貨がなくなり、秘書官が姿を消した。そんな状況で、大使の妻が故国から遠く離れた異国の街に頼る人もなく居残るようなことはせず、子どもたちと雇い人を連れて避難したのは、ただ身の安全のためと考えて、なんら不思議はなかった。

だがウィーンにいる大使の妻に手紙を出しても、それが届いて返事を受けとるまでには数週間かかるかもしれない。真相が明かされるのを待つだけの時間は残されていないだろう。手紙を待っていたら、ドラゴンの卵が取り返しのつかない状態になってしまう。ただ、この場所にムスタファの話をくつがえす証拠がないのも確かだった。

ローレンスはがっかりして公邸を出た。見張りたちがもどかしげに手招きをしている。

ディグビーが家のなかから玄関扉にかんぬきをかけて、バルコニーから這いおり、ローレンスたちに合流した。

「ご苦労だった、諸君。集められるだけの情報は集めたと思う」ローレンスは言った。

マーティンやディグビーに落胆を共有させても意味がない。精いっぱい憂慮を隠しながら、見張りに先導されて金角湾のほうに近づいた。ローレンスは鬱々《うつうつ》と考えごとに没頭し、あたりを見まわすこともなかったが、雑踏《ざっとう》のなかでは見張りたちを見失わないように気をつけた。英国大使公邸は宮殿から金角湾を渡った、多くの外国人や貿易商が住むガラタの街にあり、通りには人があふれ、北京の広々とした大通りに慣れた身には狭苦しく感じられた。呼びこみの声がひっきりなしに聞こえ、店頭に立つ商人たちは、道行く人と目が合った瞬間に店に連れこもうと手ぐすね引いて待っていた。だが岸に近づいたとき、急に人影が少なくなり、街の喧噪《けんそう》も消えた。住宅も店舗も、みな窓を閉ざしていたが、時折りカーテンの陰から人が顔をのぞかせ、空に目を凝らし、またさっと引っこんだ。一行の頭上を大きな影がよぎり、日差しをさえぎった。ドラゴンが何頭か空を旋回していた。腹側乗組員《ベルマン》をひとりひとり目視できるほどの低空飛行だ。

ローレンスは立ち止まってもっと観察したかったが、見張りたちが不安そうに空を見あげ、先を急がせた。ドラゴンたちは街の上空を飛び交い、日中の商売を台なしにしながら、いったいなにをしているのだろうか。ドラゴンたちの影の下にある通りに人はまばらで、通行人は急ぎ足になっている。一匹の犬が果敢《かかん》に吠えたて、その声が港一帯に響き渡っている。ドラゴンたちは、人がうるさい蝿《はえ》に払う程度の関心しか犬に向けず、空中で互いに声をかけ合っていた。

渡し守の頭《かしら》がそわそわとローレンスたちを待っていた。すでに錨綱《いかりづな》を両手でたぐっており、いまにも自分たちだけで出ていきそうに見えた。ローレンスの一行が斜面をおりていくと、船頭が早く早くと手招きした。舟が漕《こ》ぎ出されると、ローレンスは座席で体をひねり、岸辺の上空にいるドラゴンたちを見た。六頭ほどいるドラゴンは、最初こそ空中で遊んでいるように見えたが、すぐにそれぞれが港から太綱をたぐり、荷車を引っぱっているのがわかった。荷車が積んでいるのは、見間違えようもなく、要塞砲の砲身だった。

湾の対岸に着くと、ローレンスは見張りたちより先に舟から飛びおり、もっとよく見ようと、波止場に近づいた。これは軽い作業などではない。港には平底のはしけが並び、そこに数百人もの作業員が群がり、荷車につぎつぎと荷を積む作業をつづけていた。馬やラバたちは、これほど近くにドラゴンがいるにもかかわらず、どういうわけかまったく騒いでいなかった。馬たちには上空にいるドラゴンが見えていないのだろうか。

荷車には、要塞砲のほかに、砲弾、何ガロンもの火薬、山のような煉瓦まで積みこまれている。これほど大量の物資を丘の上まで運搬するのに馬なら数週間はかかるところだが、どの荷車もドラゴンによってあっという間に運びあげられた。丘の上では、ドラゴンたちがどっしりとした大砲の砲身を木製の揺架《ようか》に、軽々とおろしていた。

そうした作業を興味深く観察しているのは、ローレンスひとりではなかった。地元の住民たちが波止場で肩を寄せ合って見守り、憂《うれ》い顔でひそひそ話し合っていた。羽根飾りのついた兜《かぶと》をかぶった近衛歩兵の一団が、数ヤード先に顔をしかめて立っており、落ちつきなく小銃をいじっていた。商売じょうずな若者が、見物人に望遠鏡を貸して小銭稼ぎをしようと歩きまわっている。声をかけて使ってみると、それほど遠くまで見えずレンズも雲《くも》っていたが、近場ならそれで充分だった。

「見間違いでなければ、九十六ポンド砲、それが二十門ほど。すでにアジア側の海岸にも同じ数だけ配備されているようだ。イスタンブールの港に入ろうとして大砲の射程に入った軍艦は、死の罠《わな》にはまるだろう」宿舎に戻ったローレンスは、グランビーに言った。壁に設置された洗面台に向かい、街で浴びた土ぼこりを洗い流した。頭ごと水に浸し、荒っぽく髪の毛を絞る。床屋に行けないとなると、そのうち伸びた髪をつかんで長剣で断ち切るしかないだろう。ローレンスの髪はきっちりとひとつにまとめられるほどは伸びてはおらず、それでいて煩わしい長さになっており、濡れると際限もなくしずくが垂れた。「しかも、見張りたちは、わたしがそれを観察しているのに、ぜんぜん気にしなかった。一日じゅう急き立《せ》ておきながら、あのときだけは満足げにわたしに好きなだけ立ち止まって眺めさせていた」

「ムスタファの差し金でしょう。愚弄《ぐろう》されてる気分ですよ」グランビーがうなずいた。

「それからローレンス、心配はまだほかにも——いや、実際にごらんください」ふたりは離れの庭園におりた。カジリク種のドラゴンがいなくなり、代わりに別のドラゴンが十数頭、テメレアのまわりについている。そのために庭が混み合い、二頭はほかのドラゴンの背に乗らなければおさまりきれないほどだ。

「ふふん、ちがうよ。みんな、すごく友好的なんだ。おしゃべりをしにきただけだよ」テメレアが真顔で言った。すでにフランス語とオスマン語とドラゴン語のごちゃ交ぜ言語で、そのドラゴンたちと会話しているようだ。テメレアが少し言葉につっかえながらローレンスをオスマンのドラゴンたちに紹介すると、ドラゴンたちはみな礼儀正しくローレンスに頭をさげた。

「そうは言っても、わたしたちが急いでここから出ていこうとしたら、このドラゴンたちはとことんじゃましてくれるのだろうな」ローレンスはドラゴンたちを横目でちらちら見ながら言った。テメレアは重量級のドラゴンながら、飛行速度はきわめて速い。しかし伝令竜なら、テメレアをはるかにしのぐスピードで飛べるだろう。テメレと同程度の速力を持つ中量級ドラゴン二頭が牽制役《けんせい》を務め、そのあいだにテメレア並みの重量級ドラゴンが追いつくということも充分に考えられる。

だがともかく、そのドラゴンたちは不愉快な番犬のようではなかったし、有益な情報をもたらしてくれた。「うん、何頭かは港で仕事したって言ってた。そのために街へ出てきたんだって」ローレンスが港で見てきたものを説明すると、テメレアが言った。そして、よその土地からやってきたドラゴンたちは、ローレンスの推測をほぼ肯定するような内容をテメレアに語っていた。つまり、おびただしい数の大砲を配備して、港の守りを固めているということを。「すごくおもしろそうだ。できれば行って見てみたいな」

「ぼくも、近くで見たくてたまりません」グランビーが言った。「馬がいて、どうやって作業を進められるのか、見当もつきませんよ。家畜をドラゴンに慣れさせるにはべらぼうな時間がかかるんです。驚いて逃げ出さないようにするだけでもすごいのに、ちゃんと仕事までさせてるなんて。ドラゴンが視界に入らないようにするだけでは、だめなんです。馬は一マイル離れていても、ドラゴンの臭いを嗅ぎつけますからね」

「ムスタファは、わたしたちに作業を視察させたいのかもしれないな」ローレンスは言った。「つまり、港全体をざっと見せて、海からの攻撃が無意味だと強く印象づけたがっている。もちろん、手の内を全部見せるようなことはしないだろう。あのあと、ムスタファからなにか伝言は？」

「あなたが出かけてから、ひと言もありません。サルカイも依然として行方知れずで」

ローレンスはうなずき、階段に腰かけた。「宰相やら役人やらと悠長に交渉している場合ではないな。事態は差し迫っている。早く皇帝と直接会わなければならない。迅速な対応を促すには、皇帝の命令がいちばんだ」

「でももし、皇帝自身がぼくたちを遠ざけようとしているのなら――」

「オスマン帝国皇帝に、英国との関係を悪化させようという意図があるとは考えにくい」ローレンスは言った。「〈アウステルリッツの戦い〉以降、ナポレオン軍はかつてなくオスマン帝国に迫っている。皇帝が卵を渡さずにすめばいいと思っているとしても、英国との決裂を宣言してまで卵を選ぶようなことはしないだろう。だが宰相たちがあいだに立っているかぎり、皇帝は自分の立場や事情を明らかにはしない。そうしておけば、いつでも宰相たちに責任を負わせられるからだ。もっとも、この引き延ばしに、内政のごたごたがからんでいれば、話はまったくちがってくるんだが」

# 7　卵をめぐる議論

ローレンスはその夕刻、新たな手紙を書いた。皇帝に次ぐ地位にある大宰相《だいさいしょう》宛てで、先の手紙以上に熱が入った。その書状を至急届けさせるために、今度は銀貨二枚を必要とした。仲介役の小姓が味をしめ、銀貨一枚を手のひらに載せてやっても、期待のこもったまなざしを寄こし、手を引っこめようとしなかったからだ。致し方なくそこにもう一枚上乗せしたが、小姓にそんな厚かましい態度をとられても、なすすべがなかった。

夜のうちにはなんの返信もなかった。だが朝になって、ようやく事態が動きはじめたかに見えた。日の出からほどなく、長身で堂々たる風貌《ふうぼう》の男が、黒人の宦官《かんがん》数人を護衛に引き連れ、やる気満々のようすで、離れの庭園に踏みこんできたからだ。男は大声でなにかをわめきながら、折りしも庭でテメレアとともに次の書状に取り組んでいたローレンスに近づいた。

オスマン軍のなかでもかなり高い地位にある軍人、しかも空軍飛行士にちがいない。豪華な刺繍のふち飾りをほどこした革製の長衣を身につけ、髪を短く刈りこみ、陸海軍士官のようなターバンは巻いていなかった。チェレンクと呼ばれる、輝く宝石をあしらった勲章《くんしょう》を胸につけているところを見ると、よほどの戦功をあげたのだろう。オスマンにおいてチェレンクは最高の栄誉と見なされている。ローレンスにそれがチェレンクとわかったのは、〈ナイルの海戦〉に勝利したあと、オスマン帝国皇帝からネルソン提督にも授与されていたからだった。

空軍士官の言葉のなかに、ローレンスはベザイドという名前を聞きとった。ということは、あの火噴きの雄ドラゴン、ベザイドのキャプテンなのか。だが男のフランス語は聞きとりづらく、やたらと大声で話すのも、言いたいことを懸命に伝えようとするあまりなのかと最初は思っていた。男が長々とまくしたてるうちに、見ていたドラゴンたちまで声をあげて騒ぎはじめた。

「だけど、事実じゃないことは、なにも言ってないよ」テメレアがむっとしたようすで空軍士官に返した。浴びせかけられる言葉のなかから単語を拾いつつ内容を推《お》し量《はか》っていたローレンスにも、ようやく、この男が激しい怒りで逆上していること、吐き散らすような話し方はなまりのせいではなく、激昂《げっこう》しているせいだとわかった。

士官はテメレアにこぶしを振りあげてみせ、ローレンスにはフランス語で「あいつはまた嘘をついて——」うんぬんと荒々しく言った。こうして、空軍士官はローレンスにはなにがなんだかわからない演説を終えると、通訳不要の、片手で喉を切るしぐさをしてから、きびすを返して庭園を出ていった。士官につづいて、数頭のドラゴンがしゅんとしたようすで飛び去った。ドラゴンたちは、テメレアの警護ではなく、おしゃべりがしたくてここに来ていたようだ。

「テメレア」ローレンスは、ようやく訪れた静けさのなかで尋ねた。「きみは、あのドラゴンたちにどんなことを話したんだい？」

「財産について話しただけだよ」テメレアが言った。「それから、どうやって給料をもらえばいいかとか、行きたくなければ戦争に行く必要はなくて、港で働いてもいいし、なにかほかの仕事に就《つ》いてもいいんだって。そのほうがもっと興味を持てて、宝石や食べ物を買うお金も稼げて、好きなように街を歩きまわれるかしれないって——」

「ああ、なんてことを」ローレンスはうめいた。そのやりとりをオスマン軍士官がどう受けとめたかは容易に想像できた。士官のドラゴンが戦闘行為には加わりたくない、なにかほかの仕事に就きたいと言い出したら、いったいどうなるか。テメレアは中国での経験をもとに、詩人だの子守りだのといった仕事を提案したのかもしれない。

「すぐに残りのドラゴンたちも追い払ってくれ。そうしないと、オスマン軍の空軍士官たちが押しかけてきて、わたしたちを罵《ののし》ることになる」

「それでも、気にしないよ、ぼくは」テメレアは意地を張って言った。「あいつがまだここにいたら、言ってやりたいことは山ほどある。自分のドラゴンがほんとうに大事なら、ドラゴンがいい扱いを受けることや、自由を手に入れることを望むはずだよ」

「いますぐ、考えを改めさせるのは無理だよ」ローレンスは言った。「テメレア、わたしたちはここでは客なんだ。嘆願する側と言ってもいい。彼らは、卵の引き渡しを拒否して、わたしたちがこの地まではるばるやってきた苦労を水の泡にすることもできる。こっちが厄介を起こしたわけでもないのに、すでに妨害工作をされていることは、きみもわかっているだろう。いまは逆らうのではなく、取り入って事をうまく運ばなければならない」

「なんで、ドラゴンのものを取引するのに、人間に取り入らなくちゃならないの？卵はドラゴンのものだ。だったら、ドラゴンと交渉すればいいじゃないか。ほんとうにわけがわからないよ」

「ドラゴンは産んだ卵を世話したり、孵化までつきあったりすることはない。ドラゴンが卵をキャプテンに渡して、その後の扱いを任せるのは知っているだろう？そうでなかったら、喜んでドラゴンに卵を譲ってくれと申し入れるよ。ドラゴンが、あのオスマンの連中より道理を知らないってことはないだろうからね」ローレンスは鬱憤《うっぷん》をこめて言い足した。「だがいまのところ、わたしたちはオスマンのドラゴンではなく、オスマン人に翻弄されている」

テメレアは黙っていたが、ぴくぴくと動くしっぽが揺れる心をさらけ出していた。

「でもオスマンのドラゴンは、自分たちの置かれた状況を理解したり、いまよりよくなるかもしれないってことに気づいたりするチャンスがなかった。わかってないんだよ、中国へ行く前のぼくみたいにね。そういうことを知らないで、なにも変わるわけがないよ」

「彼らに不満をいだかせたり、キャプテンに反抗させたりするだけでは、なにも変えられない。とにかくいまは、祖国を勝利に導くための献身と責務を第一に考えよう。海峡艦隊にカジリク種のドラゴンが一頭入るだけで、攻防のバランスが変わり、戦況が英国有利に傾くかもしれない。どんな問題だって、このことと同列には扱うことなど無理な話だ」

「でも――」テメレアが言いよどみ、かぎ爪でひたいを掻いた。「でも、帰国したら、この問題がどう変わるんだろう？　ドラゴンに自由を与えることに人間が動揺するなら、それも戦争のじゃまをすることになるんじゃない？　オスマンからドラゴンの卵を持ち帰れないことと同じように、戦うのはもういやだっていう英国のドラゴンがあらわれることも、戦争を妨害することになるよね」

テメレアがローレンスをじっと見おろし、答えを待っていた。ローレンスには返してやれない答えだった。なぜなら、まさしくテメレアと同じことを自分も感じていたからだ。それを真正面から問われたというのに、嘘をついて心にもないことを言うわけにはいかない。テメレアを満足させるようなことはなにも言ってやれない。沈黙が長引くと、テメレアの冠翼がゆっくりとしおれ、首のまわりにぺたりと寝てしまった。巻きひげも力なくさがっている。

「あなたは帰国してからも、ぼくにドラゴンの自由を主張してほしくないんだね」テメレアが小さな声で言った。「ぼくの機嫌をとってただけなの？　政府に要求を突きつけるなんて、まったくばかげた話だって、あなたはそう思ってるんだ」

「そうじゃない、テメレア」とても低い声になった。「ばかげた話なんかじゃない。きみには自由を手にする権利がある、ぜったいに。それでも、わがままだと……そう、それはわがままなことだとは言わなければならない」

テメレアがたじろぎ、少しだけ頭を後ろに引いた。ローレンスは堅く握りしめた自分のこぶしに視線を落とした。もはや事を曖昧にしてはおけない。長いあいだ避けられない話を先延ばしにしてきて、ふくれあがったつけをいま払わなくてはならない。

「いまは戦時だ」と、ローレンスは言った。「しかも、戦局は英国にとって非常に深刻だ。わたしたちが敵にまわしているのは、まだ一度も負けたことのない将軍で、その国は小さなイギリス諸島の二倍以上もの天然資源を有している。きみも知ってのとおり、ナポレオンは一度、英国本土に軍を差し向けた。ヨーロッパ大陸を納得いくまで征服したら、ふたたび英国に侵攻する可能性は充分にある。二度目はもっとうまくやるだろう。そんな状況なのに、自分たちだけの利益を求めて世の中に訴えることは、戦争遂行への努力を大きく損なう危険をはらんでいる。だから、わたしの意見では、わがままと呼ぶほかない。個人よりも国家の課題を優先させることが、わたしたちの尽くすべき本分なんだ」

「でも……」テメレアが胸の底から絞り出すような声で反論した。「でも、ぼくが改革を要求したいと願うのは、ぼくのためじゃなく、ドラゴンみんなのためなんだ」「戦争に負けても、それでもいいと言えるものがなにかあるだろうか？　そこまで多大な犠牲を払って、進めなければならない改革などあるだろうか。ナポレオンが全ヨーロッパを席捲《せっけん》すれば、人もドラゴンもいっさいの自由を持てなくなるというのに」

テメレアは、なにも答えなかった。頭を前足の上に力なく落とし、体を丸めている。

「お願いだ、忍耐強さを持ってほしい」ローレンスは長くつらい沈黙のあとで言ったが、そう言いながらも、ふさぎこんでいるテメレアの姿を見ると胸が痛んだ。心の底では、この発言を撤回できたらどんなにいいかと思っている。「約束しよう。きみひとりではやらせない。イングランドに戻ったら、話に耳を傾けてくれる仲間を見つけよう。仲間に呼びかけることなら、わたしも少しは力を発揮できる。現実に進展させせられることは、たくさんあるはずだ」ローレンスは少し焦って言い足した。「戦況に悪い影響をおよぼさないような、実際に役立つ改善策を考えよう。それが実績をあげれば、もっと予算のかかる案でも好意的に受け入れてもらえるようになる。よりよい成果を生むためには、時間をかけることも大切だよ」

「でも、戦争が最優先なんだね」テメレアがぼそりと言った。

「そのとおりだ」ローレンスは言った。「——許してほしい。ぜったいに、きみにつらい思いはさせないから」

テメレアがかすかにかぶりを振った。首を伸ばし、ローレンスに鼻づらをそっとすり寄せた。「わかってる、ローレンス」そう言うと、腰をあげ、ほかのドラゴンたちと話しにいった。ドラゴンたちはまだ庭園に集い、ローレンスたちを見守っていた。

テメレアは話を終えて、何頭かのドラゴンたちが飛び去っていくのを見とどけると、低くうなだれて静かに歩き去り、イトスギの木陰で丸くなった。ローレンスは部屋に戻って腰かけ、窓越しにテメレアを見守った。やはりテメレアは中国で一生を送ったほうが幸せだったのではないかと、みじめな思いがこみあげてきた。

「たとえば、こう言ってみては——」グランビーはそう言いかけて、かぶりを振った。「いや、それじゃテメレアのためにならないな」とつぶやき、つづけて言う。「ほんとうにお気の毒ですが、ローレンス、テメレアを言いくるめるのは無理ってもんですよ。ぼくたちが一、二か所の基地を維持したり、ドラゴンの食事の質をあげたりするための予算を申請したときに議会の見せる愚かな反応ときたら、信じられないようなものです。まずはドラゴン舎の新設から手をつけるとしても、ぼくたちは対仏戦争ばかりか、対国会戦争まで引き受けることになるでしょうね。そういうことを、テメレアはぜんぜんわかっていませんが」

ローレンスは、グランビーをじっと見つめ、「そんなことに手を出したら、きみの昇進に差し障《さわ》るんじゃないのか？」と、声を落として尋ねた。どう考えても、有利に働くわけがない。英国を出て一年近くがたつ。そのあいだグランビーは、孵化した仔ドラゴンにハーネスを装着するチャンスを失してきた。その人選を行う上層部の目にはとまらない、本国から遠く離れた土地にいるために。一個の卵を十人以上もの空尉が狙っているという厳しい競争なのだ。

「昇進ごときで、テメレアの計画にけちをつけるほど、手前勝手なやつにはなりたくありませんね」グランビーは気炎《きえん》をあげた。「昇進のことしか頭にないようなやつが卵を任せられた話なんて、聞いたことがありません。どうか気にしないでください。ぼくみたいに新参者として航空隊に入隊し、昇進していく者はごくまれなんです。親から子へ受け継がれていくドラゴンがけっこう多いですからね。上層部だって、航空隊関係者の家族を入隊させたがる。でも、もしいつかぼくに男の子ができたら、その子の昇進を助けしてやれるくらいには、いまのぼくは出世しています。いえ、息子じゃなくて、甥っ子だってかまわない。ぼくはそれで充分です。テメレアのような第一級の戦闘竜に乗り組めて満足しています」

　しかしグランビーの声の底に、あきらめきれない気持ちがにじんでいた。グランビーが自分のドラゴンをほしがるのは、当たり前だろう。テメレアのような重戦闘竜に副キャプテンとして乗務することは、ふつうなら非常によい昇進の機会に恵まれることを意味している。もちろん、グランビーの出世にも配慮すべきだなどと、テメレアに言うわけにはいかない。それではテメレアに不当な圧力をかけることになる。とはいえ、この問題はローレンスの心に重くのしかかった。ローレンス自身、海軍時代の出世のおおかたは戦功で勝ち取ったものだった。だが、引き立ても大いに受けた。

自分の部下を出世コースに乗せられるかどうかは軍人としての名誉に関わる問題だと思っていた。

離れの外に出てみると、テメレアは庭園のさらに奥に引っこんでいた。思いきって近づいてみた。テメレアは静かに体を丸めていたが、そばの地面には深々とかぎ爪の跡がついている。頭を両前足のあいだに沈め、うっすらとあいた眼はどこか遠くを見つめていた。首の周囲にほとんど平らに寝かされた冠翼が、心の悲しみを正直に明かしている。

ローレンスは言葉に窮《きゅう》したが、テメレアの気持ちを少しでも上向きにしたかった。もうこれ以上テメレアを傷つけずにすむのなら、嘘をついてもかまわないという気持ちになりかけた。テメレアが頭をもたげ、前に立ったローレンスを見つめた。どちらも言葉を発しなかった。ローレンスはテメレアの脇腹のところまで行って、そこに片手を添えた。するとテメレアが前足を丸め、ローレンスがすわれる場所をつくった。

どこか近くの鳥小屋から、おそらく数十羽はいると思われる小夜啼鳥《ナイチンゲール》のさえずりが聞こえてくる。ローレンスとテメレアの静寂をじゃまするものは、そのさえずりのほかに、しばらくはなにもなかった。やがてエミリー・ローランドが「キャプテン！

キャプテン！」と大声で叫びながら庭園を走ってきて、息を切らして言った。「キャプテン、戻ってください。ダンとハックリーが捕まって、縛り首にされそうです」

ローレンスは目を見開き、テメレアの前足から飛びおりた。離れまで駆け戻り、テラスに向かって階段を駆けあがる。テメレアが不安げにテラスの手すりから顔をのぞかせた。

クルーのほぼ全員がアーチ形天井のある通路にいて、離れ担当の見張りやほかの黒人宦官たちと派手な騒ぎになっていた。数人の宦官たちはかなり高い地位にあるようだ。黄金のつかの三日月刀をさげ、服装も立派で、態度も強圧的だった。体つきはたくましく、舌を切除されていないことは、彼らに比べれば貧相な体つきの飛行士ふたりを地面にねじ伏せ、すさまじい罵声を浴びせていることからも明らかだった。

ダンとハックリーがその騒ぎのまんなかにいた。ふたりの若い射撃手《ライフルマン》は息を切らし、彼らをつかんで放さないがっしりした男たちに抵抗していた。「いったいなんの騒ぎだ！」ローレンスが怒鳴ると、その声がみなの頭上に響き渡った。さらにテメレアが低くうなってローレンスに加勢し、つかみ合いがおさまった。飛行士たちが後ずさり、見張りたちが怯えたようにテメレアを見つめた。彼らは捕らえたダンとハックリーを放さないが、すぐに連行しようとはしなかった。

「さて」ローレンスは厳しい声で言った。「いったい何事だ、ミスタ・ダン?」ダンとハックリーはうなだれて押し黙った。その態度から答えはおのずと知れた。なんらかの悪さをして、見張りたちに見つかったにちがいない。

「ハサン・ムスタファ・パシャをお呼びしてくれ」ローレンスは見覚えのあるひとりの見張りに、ムスタファの名前を数回繰り返した。その見張りはためらうように仲間のほうをちらりと見た。すると、ローレンスには見覚えのない宦官が、その見張りになにか命令した。背が高く堂々たる男で、黒い肌によく映える純白のターバンを高く巻きあげ、黄金の台座に嵌めこんだ大きなルビーを飾っている。見張りが一礼し、階段をおりて、正殿のほうに駆けていった。

ローレンスは振り返った。「ミスタ・ダン、いますぐ答えるんだ」

「キャプテン、悪気はありませんでした」ダンが言った。「ただ、ええと、その——」ダンがハックリーを見やったが、ハックリーはそばかすの浮いた顔を蒼くしたまま、なにも言おうとしない。「キャプテン、その……屋根にのぼっただけです。宮殿のほかの場所も見てみたいと思いまして。そしたら——そしたら、こいつらが追いかけてきたので、ぼくたちはまた壁を乗り越えて、ここに駆け戻って、部屋に入ろうとしたんです」

「なるほど」ローレンスは冷ややかに言った。「わたしにもミスタ・グランビーにも断りもなく、そんなことをしようと思ったわけだな。そのような行動をとってもよいと判断したわけだ」

ダンがごくりと唾《つば》を呑み、またうつむいた。ダンの答えを待って、重苦しい気づまりな沈黙がつづいた。だがそのとき、ムスタファが見張りたちに案内され、急ぎ足で通路の角を曲がってきた。急いだうえに怒っているので顔が赤くまだらに染まっている。「宰相殿」ローレンスは先手を打った。「わたしの部下が許可なく持ち場を離れたのです。遺憾《いかん》ながら、騒動を起こしてしまい――」

「その者たちを引き渡していただかなければ」と、ムスタファが言った。「即刻、死刑に処します。ハレムに入りこんだのですから」

ローレンスは、言葉を失った。ダンとハックリーがますます縮《ちぢ》こまり、恐れおののいた目でローレンスを見あげた。「このふたりは女性の私室に侵入したのですか?」

「キャプテン、断じてそんな――」ダンが口を開いた。

「黙れ！」ローレンスは一喝《いっかつ》した。

ムスタファが見張りに話しかける。宦官長とおぼしき先刻のルビーを飾った男が部下を招き寄せ、その男が淀《よど》みなくしゃべった。それを聞いたムスタファがローレンスに向き直って言う。「ハレムをのぞき見し、窓越しに誘惑のしぐさをしたのです。たとえようもなく侮辱的な行為です。皇帝陛下以外の男性は、ハレムの女性に接触することも見ることも禁じられています。宦官だけは言葉を交わすことが許されているのですが」

これを聞いていたテメレアが勢いよく鼻を鳴らしたせいで、噴水の水しぶきが一同の顔に飛んできた。「ばかばかしい」テメレアは気色ばんで言った。「ぼくのクルーの誰も死刑になんてさせないよ。だいたいどうしてほかの誰かに呼びかけたからって、死刑にされなきゃいけないんだ。その誰かを傷つけるわけでもないのに」

ムスタファはテメレアには答えず、頭のなかで算段をめぐらすように鋭いまなざしをローレンスに向けた。「まさか皇帝陛下の掟《おきて》をないがしろにし、ご不興を買おうというつもりではないでしょうね、キャプテン。先日のお話からすると、わが帝国と貴国のあいだの礼儀作法について一家言《いっかげん》おありのようでしたが」

「宰相殿、それとこれとは――」ローレンスは、この騒ぎを利用して圧力をかけてくるムスタファの厚かましいやり方に怒りを覚えたが、口を突いて出そうになる言葉をなんとか呑みこんだ。つまり、こちらがあれほど面会を切望しても、忙しくてそんな暇はないと言いながら、こういうときだけすばやく駆けつけてくるのか、という辛辣な見解を。

ローレンスはなんとか自分を抑え、一拍《いっぱく》遅れて言った。「もしかすると、護衛たちは職務に熱心なあまり、起きたことを実際よりも大げさにとらえているのではないでしょうか。こちらの士官たちは、ハレムの女性たちを実際に見てはいないかもしれません。ただ、ちらっと見えないものかと期待したのでしょう。もちろん、破廉恥《はれんち》な行為です。ですからお約束いたします」ここで、言葉に力をこめた。「ふたりには、こちらで罰を与えます。ですが、ふたりをあなたがたに引き渡して死刑にさせることはお断りします。たったひとりしかいない目撃者の証言をもとに、そんなことはさせません。ひとりきりの目撃者が罪を小さく言うことはまずないでしょう。たいがいは大きく言うものです。なぜなら、自分の告発を価値のないものにされたくないという、しごく当然の気持ちが働くわけですから」

ムスタファが顔をしかめ、それに反論する構えを見せたので、ローレンスはさらに言った。「もしこのふたりが、女性の貞操を汚す行為におよんだのであれば、ためらうことなく、あなたがたの裁きにゆだねるつもりです。ですが、彼らを告発する目撃者がたったひとりという曖昧な状況なのですから、いくばくかの情けはかけていただきたいものです」

ローレンスは剣のつかに手をかけず、部下に合図もしなかった。だが自分たちのいま立っている位置を、離れに置かれた荷物をどうするかを、振り返らないまま懸命に考えた。もしオスマン側がダンとハックリーを力ずくで連れていこうとするなら、ただちにクルー全員に搭乗を命じ、荷物をここに捨て置いて逃げるしかない。だがテメレアが飛び立つ前に、オスマンのドラゴン数頭に先回りされてしまったら、万事休《ばんじきゅう》すだ。

「情けは、すばらしい美徳です」ムスタファがようやく口を開いた。「そして不幸な、誤った告発によって二国間の関係が損なわれるのは、非常に忌《い》むべきことです。もちろん、あなたのほうも——」ムスタファは、わかりますね？　という目でローレンスを見つめた。「確たる証拠もなく、相手にあらぬ疑いをかけるようなことはなさいますまい」

ローレンスは唇を引き結んだ。「そう期待されてけっこうです」いまにも歯噛みしそうになりながら言葉を返した。こう言ってしまえば、ドラゴンの卵に関して、こちらが確たる反証をあげないかぎり、オスマン側の説明不足にも目をつぶるしかなくなる。それは百も承知だ。だが、ほかになにができるだろう。窓越しに若い娘たちに投げキスを送った罪で自分が面倒を見てきた若い士官ふたりを死刑台に送りこむわけにはいかない。心の底では、このふたりをこの手で絞め殺してやれたら、と思っていたとしても。

ムスタファが口もとに笑みを浮かべ、軽く会釈した。「お互いに理解し合えたものと信じておりますよ、キャプテン。では、そのふたりへの懲罰はあなたにお任せします。同じような事件がぜったいに、二度と起こらないようにお願いいたします。寛大な計らいも、一度かぎりなら情けと呼べますが、たび重なれば愚昧《ぐまい》でしかありません」

ムスタファが護衛を集め、先頭を切って正殿のほうに戻っていった。宦官や見張りから憤懣《ふんまん》やるかたない低いつぶやきが洩れなかったわけではない。しぶしぶ立ち去る最後のひとりが見えなくなると、クルーのあいだに安堵のため息が広がり、ダンとハックリーの背中を仲間の射撃手《ライフルマン》ふたりがぽんと叩くことまでした。即刻やめさせなければならない行為だ。「ミスタ・グランビー、軍務日誌に記録してくれ。ミスタ・ダン、ミスタ・ハックリーを本日より搭乗クルーからはずす。両名を地上クルーの名簿に入れておくように」

ローレンスは、そのような人事が、つまり海軍士官を水兵に降格する人事が飛行士にも適応できるのかどうか詳しくはなかった。だがローレンスの顔つきは異を唱えることなど許さなかったし、たとえ反論が出ても受け入れるつもりはなかった。グランビーは低い声で「イエッサー」と返すのみだった。ふたりに厳罰を与えるとすれば、降格は避けられない。いずれふたりがこの事件から教訓を学んだと思えたら、元の地位に戻すつもりだが、それでも彼らの経歴には汚点が残るだろう。だが、実行するしかない。本国から遠く離れたこの場所では軍法会議にかけられないし、もう子どもではないのだから尻を叩いて罰とするわけにもいかない。「ミスタ・プラット、ふたりに手錠をかけろ。ミスタ・フェローズ、備品の革で鞭《むち》をつくれるだろうか」

「アイ、サー」フェローズはそれ以上はなにも言えず、困ったように咳払いした。

「でもローレンス、ローレンスったら」一同が静まり返るなかで、テメレアが言い出した。こんなときに、ローレンスを取りなそうとする勇気のあるものはテメレアしかいない。「ムスタファも護衛たちもいなくなったんだから、もうダンとハックリーを鞭で叩く必要なんか――」

「ふたりは持ち場を放棄し、軍務として達成すべき大きな目標を危険にさらした。それも下劣な肉欲に駆られ、それを満たそうとして」ローレンスはにべもなく言った。「だめだ。テメレア、これ以上ふたりの弁護をするんじゃない。軍法会議なら絞首刑になってもおかしくない罪だ。それに気骨のある者は言い訳などしない。このふたりはそんな情けない人間ではないはずだ」

ローレンスは縮みあがったふたりの若手士官に、同意を求めるように厳しいまなざしを向け、軽くうなずいた。「ふたりが出ていったとき、警備にあたっていた者は？」

ほかのクルーを見まわして尋ねた。

クルーが一斉に目を伏せた。が、なかからサリヤーが一歩進み出て言った。「ぼくです、キャプテン」震える声が途中でかすれた。

「ふたりが外に出ていくところを見たのか？」ローレンスは静かに尋ねた。

「イエッサー」サリヤーが小さく答えた。

「キャプテン」ダンがあわてて口をはさんだ。「サリヤーに黙ってろと言ったんです。ただのおふざけだからと――」

「そこまでにしろ、ミスタ・ダン」グランビーが言った。

サリヤーは言い訳しなかった。成長期特有のひょろっとした長身だが、空尉候補生に昇進して日が浅く、まだ少年の面影《おもかげ》を残していた。「ミスタ・サリヤー、きみは見張り担当として信頼に値しない。よって、士官見習いに降格とする」ローレンスは言った。「鞭打ち用に庭木から枝を切って、わたしの部屋に来るように」サリヤーは顔を隠しながらよろよろと立ち去った。片手で隠した鼻のあたりから赤い血が垂れていた。

ローレンスはダンとハックリーに向き直って言った。「それぞれ鞭打ち五十回とする。この程度ですんで幸運だと思うがいい。ミスタ・グランビー、全員が庭園に集まり、十一時の鐘とともに鞭打ちを開始する。その時間に鐘を鳴らすように」

ローレンスは離れの自室に戻り、サリヤーがやってくると、彼に対して枝による鞭打ちを十回行った。わずかな回数だったが、サリヤーは愚かにも、若い緑の枝を切ってきた。若い枝はよくしなり、痛みも尋常ではなく、肌も切り裂きやすい。だが、ここでめそめそ泣いたら、サリアーの自尊心はいたく傷つくことになるだろう。「よし、これでいい。今回のことをしっかりと胸に刻むんだ」ローレンスはそう言って、嗚咽《おえつ》を洩らしかけているサリヤーが本格的に泣きださないうちに解放してやった。

そのあと、正装用の服を引っぱり出した。いまでもマカオで買った例の上着しかなかったが、エミリー・ローランドに長靴を磨かせ、ダイアーにはクラヴァットにアイロンをかけさせた。そのあいだに自分は外に出て、小さな手水鉢《ちょうずばち》の水を使ってひげを剃った。正装用の剣といちばんましな帽子を身につけてから、ふたたび外に出ると、ほかのクルーたちも正装で集まってきた。信号旗の旗竿《はたざお》で間に合わせた刑柱が地面に深々と突き刺してあった。テメレアもそこにいて、不安げに体重を右に左に移しながら、かぎ爪で土をほじくっている。

「ミスタ・プラット、このような役目を頼んで申し訳ないが、避けて通るわけにはいかない」ローレンスが声を落として言うと、大きな頭を両肩のあいだにがっくり落としていたプラットがうなずいた。「わたしが回数を数えるから、声に出して数えないでくれ」

「イエッサー」プラットが答えた。

日が少し高くなった。クルー全員が集まって待機してから十分以上が経過していたが、ローレンスはひと言もしゃべらず身動きもしなかった。やがて、グランビーが咳払いをして、堅苦しい口調で言った。「ミスタ・ディグビー、十一時の鐘を鳴らしてもらおうか」勢いに欠ける鐘の音が十一回、あたりに響いた。

裸の上半身にくたびれた半ズボンという姿で、ダンとハックリーが刑柱まで連れてこられた。ふたりとも面目を失うような言動はせず、黙したまま震える両手を持ちあげ、柱と柱のあいだに渡した横木におとなしくつながれた。暗い顔をしたプラットが十歩ほど離れたところに立ち、鞭の細い革紐《かわひも》を両手を使ってたぐりながら、端から数インチごとに折り重ねていった。見るところ、その鞭は廃棄するしかない使い古しのハーネスでつくったもので、革はやわらかくなり、かなりすり減っている。それでも鞭に変わりはないが、新しい革の鞭よりいくらかはましだろう。

「はじめろ」ローレンスは言った。みなが凍りついたように沈黙するなか、鞭が振りおろされて肉を打つ音が響き渡った。鞭打ちの回数が増えるほどに、ふたりの喘ぎと叫びは小さくなり、つながれた体が力を失った。やがて、手首を固定された横木から体がぐったりとぶらさがり、血が細い筋となって流れ落ちた。テメレアが悲痛な声をあげ、頭を片翼の下に隠した。

「五十回になった、ミスタ・プラット」ローレンスは言った。本当は、ようやく四十回というところだが、クルーの誰もしっかりと回数を数えていないようだ。ローレンスは鞭打ち刑に心底吐き気を催していた。海軍の艦長時代を通じても、鞭打ちを命じたことは十回そこそこしかないだろう。それに、鞭打ち刑は飛行士たちにはほとんどなじみのない慣習だ。規律を違反した罪は重くとも、ダンとハックリーはまだ若い。ふたりを逸脱《いつだつ》行為に走らせたことに、ローレンスは少なからず自責の念を感じていた。

それでも、この刑罰は行わなければならなかった。数日前に望遠鏡で女性を眺めて、咎《とが》められたばかりなのだから、ふたりはもっと行動を慎むべきだった。このようなたび重なる違反行為を咎めることなく放置すれば、ふたりを完全にだめにしてしまうだろう。マカオを出発するとき、副キャプテンのグランビーは、長旅が若い士官たちにおよぼす影響にまで心配がおよんでいなかったようだ。中国までは長く手持ちぶさたな船旅がつづいたが、マカオからは一転、まさに冒険と呼ぶべき道程になった。だがそんな旅も、航空隊基地において日々繰り返される訓練ほど若い士官たちに規律の縛りを与えるわけではない。軍人たるもの、ただ勇敢でさえあればよいわけではないのだ。鞭打ちに立ち合った士官たち、とりわけ若い士官たちの表情からは、この刑罰に衝撃を受けているようすが見てとれた。だが、ローレンスは哀れだとは思わず、むしろこの不愉快な事件によって若手たちの気を引き締め直すことができたのはせめてもだと考えた。

ダンとハックリーが拘束を解かれ、気遣われながら大きな離れに運ばれていき、隅のついたての奥にケインズが用意していた簡易ベッドに寝かされた。ふたりは意識朦朧として、喘ぎながら腹這いになった。むっつりとしたケインズがふたりの背中から血をぬぐい、アヘンチンキをコップに四分の一ずつ飲ませた。

「容態はどうだ?」ローレンスはその晩遅く、ケインズに尋ねた。ダンとハックリーは薬を飲んだあとは落ちついて、静かに横になっていた。

「心配ない」ケインズがぶっきらぼうに答えた。「こいつらを診《み》るのには慣れたさ。やっとこさ床を離れたばかりだったたっていうのに、まったく――」

「ミスタ・ケインズ」ローレンスは声を低くして言った。

ケインズがローレンスの顔を見あげて口をつぐみ、ふたりの怪我に話題を戻した。

「少し熱っぽくはあるが、当たり前の反応だ。ふたりとも若くて回復力があるから、出血もきれいに止まった。朝になったら、ちっとは立てるようになっているだろう」

「わかった」そう言って身をひるがえしたローレンスの前に、サルカイが立っていた。サルカイは、蠟燭の薄暗い光の輪のなかで、横たわるダンとハックリーを、その背中に走る真っ赤なみみず腫《ば》れと、それに沿って浮きあがる紫色の痣《あざ》を見つめていた。

ローレンスははっと息を呑んだあと、サルカイをにらみつけ、怒りを抑えながら言った。「おや、戻られましたか。ここには二度と顔を見せないと思っていたが」

「留守にしたせいで、ご不便をおかけしたのでなければよいのですが」サルカイはいまいましくも落ちつき払っていた。

「不便を感じたのは、ごくわずかなあいだだ」と、ローレンスは返した。「金と荷物を持って失せるがいい。とっとと出ていけ」

「おやおや」少し間をおいて、サルカイが言った。「これ以上お仕えする必要がないのでしたら、出ていったほうがよろしいですね。ミスタ・メイデンには、わたしのほうから詫びを入れましょう。あなたをお連れする約束などすべきではなかった」

「ミスタ・メイデン?」ローレンスは眉をひそめた。聞き覚えのある名前だ。ゆっくりと上着に手を伸ばし、この数か月におよぶ長旅がはじまる前にマカオで受け取った手紙を取り出した。目の前にいるサルカイが運んできた手紙だ。封にはまだ封蝋《ふうろう》が付着したままで、そこには確かに〝M〟の印が押されていた。「ミスタ・メイデンとは、きみを使って命令書をわたしたちのもとに届けさせた紳士のことか?」厳しい声で尋ねた。

「いかにも」サルカイが答えた。「イスタンブール在住の銀行家です。亡くなった英国大使、ミスタ・アーバスノットが、その手紙をあなたのもとへ届けるために、信頼のおける者を見つけてほしいとミスタ・メイデンに頼んだのです。そうしてなぜか、わたしが雇われた次第です」サルカイの声に、からかうような響きがかすかに感じとれた。「ミスタ・メイデンよりお食事をごいっしょにとのことですが、いかがいたしましょうか?」

# 8　忍びと密会

「いまです」サルカイが押し殺した声で言った。ローレンスの目の前に宮殿の内壁があり、夜警たちがいましがた壁の前を通り過ぎたところだった。サルカイが綱を放り投げ、先端の鉤《かぎ》を壁のてっぺんに引っかけた。こうして、サルカイとともに壁をよじのぼり、乗り越えた。石造りの壁はでこぼこして足場を見つけやすく、海軍育ちのローレンスにとって、のぼるのは造作ないことだった。

内壁の向こうにも庭園が広がり、海を見晴らす東屋《あずまや》が建っていた。亭舎の屋根を支える一本の巨大な柱が、半月《はんげつ》の明かりに照らされている。芝生《しばふ》を駆け抜け、身を隠す場所のない敷地をなんとか無事に通過し、丘の斜面の手入れもされずに放置された茂みに飛びこんだ。そこには古代の遺跡とおぼしきものがあり、煉瓦造りのアーチや横倒しになった石柱などが蔦《つた》に覆い尽くされていた。

その先に、もうひとつ乗り越えなければならない外壁があったが、広大な宮殿の敷地をぐるりと囲んでいるため、衛兵がくまなく巡回するわけにはいかないようだった。ローレンスとサルカイは外壁を越えて、斜面を下り、金角湾の岸辺にたどり着いた。サルカイが眠っていた渡し守をそっと起こし、小舟で対岸を目指した。金角湾の水面はその名にふさわしく、闇のなかでもきらきらと輝いていた。両岸の家々の明かりや舟のランタンが遠くまで光の尾を伸ばしている。住民たちがバルコニーやテラスに出て外気を味わっており、音楽の調べが海を渡ってきた。

ローレンスは前日に見た作業の進捗《しんちょく》を知るために、立ち止まって港を見渡してみたかった。だがサルカイは足を止めることなく船着き場を出ると、街の通りに入り、前日行った英国大使公邸のほうではなく、古いガラタ塔のある丘の方角に足を向けた。この物見塔を中心に形づくられた街は低い壁に囲まれていた。壁はかなり古びて、ぼろぼろに崩れたまま放置されているところもある。壁の内側に入ると、通りが静かになった。ギリシャ人やイタリア人の経営するコーヒーハウスが数軒だけ明かりを灯しており、店のテーブルで男たちが甘くて香り高い林檎《りんご》茶を飲みながら小声で話していた。水ギセルを吸いながら通りを眺める男たちの姿もあり、唇のあいだから芳しい煙が細い筋となってゆっくりと立ちのぼっていた。

アブラーム・メイデンの自宅は、近隣の家の倍ほどの大きな美しい屋敷で、豊かに茂った木々に囲まれていた。大通りに面して建ち、家の前からもガラタ塔がよく見えた。メイドに迎えられて邸内に入ると、メイデン家が隆盛を誇ってこの地に長く住みついてきたことをうかがわせるしるしがそこかしこにあった。絨毯は贅を尽くした時代物で、鮮やかな色をいまも保っている。金箔《きんぱく》張りの額縁に収められた、黒い瞳の男女の肖像画が壁に飾られていた。その男女の容貌は、オスマン人というよりもスペイン人に近い。

メイデンがローレンスとサルカイのためにワインを注ぎ、メイドが辛い茄子のペーストを添えた薄切りパンの大皿と、甘い干しぶどうとナツメヤシをナッツ類とともに刻んで赤ワインで風味づけした料理の皿を運んできた。「うちの先祖は、セビリア出身なのです」ローレンスが肖像画のことに触れると、メイデンが言った。「スペイン国王のユダヤ教徒弾圧によって国を追われましたが、オスマン皇帝が受け入れてくださいました」

それを聞いたローレンスは、これから出てくる食事がひどく侘しいものでなければいいが、と心ひそかに思った。ユダヤ式の食事には厳しい制約があるという話をどこかで聞いていたからだ。しかし晩餐がはじまってみると、メイデン家の料理はすばらしいのひと言に尽きた。極上の仔羊の脚肉はオスマン風にほどよく焼かれ、薄い削ぎ切りにされて、皮付きの新じゃがいもと、オリーブ油と香り高いハーブで仕上げた芳しいソースが添えられていた。一尾まるごとの魚料理もあり、胡椒とトマトを添えて焼きあげ、オスマンでは一般的な強い香りを持つ黄色の香辛料で風味づけがしてある。さらに、やわらかく煮こんだ鶏料理は文句のつけようのない出来ばえだった。

銀行家のメイデンは仕事として、この地にやってきた英国人の代理人を務めることも多く、家族全員が流暢に英語を話した。食卓についたのは五人だった。すでに独立し、自宅を構えているメイデン夫妻のふたりの息子。メイデンの妻、そしてまだ家にいる娘のサラ。三十歳を越えてはいないだろうが、学校を出てからかなりたつらしい。メイデンなら多額の持参金が用意できるはずだが、それにしては婚期が遅れているように思われた。サラの外見や物腰は異国風ではあるが、温かみがあった。黒い髪と眉が白い肌を引き立たせ、母親の気品も受け継いでいる。サラはローレンスとサルカイの向かいにすわり、慎み深さからか恥じらいからか、ずっと目を伏せてはいたが、話しかけられると、落ちついたようすで臆することなく話に加わった。

ローレンスは無作法を避けて、自分から性急に質問を切り出すようなことはせず、むしろメイデン家の人々の問いかけに応えるように、中国からイスタンブールまでの旅について語ることになった。メイデンたちは最初こそ儀礼的に質問したが、そのうち本気で話に引きこまれていった。ローレンスは楽しい話題を食卓に提供するのが紳士たる者の務めと教えられて育った。またイスタンブールまでの道のりは話の種の宝庫だったので、食卓での話題には事欠かなかった。ご婦人ふたりが同席していることを考え、砂嵐や雪崩で九死に一生を得たことはいくぶん生々しさを薄めて話し、夜盗《やとう》に遭遇《そうぐう》した事件には触れなかったが、それでもおもしろさは充分に残っていた。

「浅ましいドラゴンたちはそこで牛に飛びかかり、また勝手に飛び去っていったのです」ローレンスは、野生ドラゴンたちがイスタンブールの入口で演じた恥さらしな略奪劇を悲しげな表情とともに締めくくった。「悪漢《あっかん》アルカディが、逃げ出すときにわたしたちに向かって、うなずくように挨拶しました。わたしたちはみな口をぽかんとあけたまま、なすすべもなく取り残されたのです。アルカディたちは大満足で山に帰っていったでしょうが、わたしたちは牢屋《ろうや》に放りこまれなかったのが不思議なくらいです」

「過酷な旅をなさったというのに、なんとも冷たい歓迎ぶりですなあ」おもしろそうに話を聞いていたメイデンが言った。

「まったくですわ。さぞやおつらい旅をなさったのでしょう」サラ・メイデンが目を伏せたまま、静かな声で言った。「みなさんがご無事に旅を終えられてなによりでした」

食卓の会話がわずかに途切れたあと、メイデンがローレンスにパンの大皿を渡しながら言った。「さて、いまは快適に過ごされているとよろしいのですが……。宮殿にご滞在ならば、わたしたちのように騒音に悩まされてはいらっしゃらないでしょう」

メイデンが話題として持ち出したのは、港で行われているあの作業のことだった。どうやら住民の大きな悩みの種になっているらしい。「あの巨大なけだものたちが頭上を飛び交うのを、どうにかできないものでしょうか」メイデン夫人が首を横に振りながら言った。「まったく騒々しいことと言ったら。それに、もし運んでいる大砲を落としでもしたら、どうなりますか。まったくおぞましい生き物ですわ。人の住む場所には立ち入らせないようにすればよろしいのに。いえ、あなたのドラゴンのことじゃありませんのよ、キャプテン。あなたのドラゴンは、とってもお行儀がいいにちがいありません」メイデン夫人の話が急に失速し、夫人はいささかどぎまぎして、ローレンスに申し訳なさそうな顔をした。

「われわれの、つまらない愚痴《ぐち》だと思って聞き逃してください、キャプテン」メイデンが、妻に助け舟を出した。「毎日、間近でドラゴンに接していらっしゃるあなたに、こんなことを話してしまい……」

「いえいえ」ローレンスは言った。「実はわたしも、街の上空を飛び交うドラゴンたちを見て不思議に思っていました。イングランドでは、わたしたちは人の多く住む場所に近づきすぎないようにします。街の上空を通過するときには、住民や家畜を悩ませないように特定の空路をとります。それでもまだ苦情が来るくらいです。テメレアはしばしばそんな制約を煩しいと感じているようですけれどもね。ところで、港であのような作業が行われることは、これまでになかったのですか?」

「もちろんですわ」メイデン夫人が言った。「一度だってありませんでした。あれが片づいたら、もう金輪際《こんりんざい》ごめんです。事前の通告もなかったのですよ。ある朝、祈りの時間を告げる声がやむとすぐに、ドラゴンたちがあらわれました。それ以来ずっと。一日じゅう家のなかで震えあがっておりますわ」

「しかし、要は慣れですよ」メイデンが悟りきったように肩をすくめて言った。「この二週間ほどのあいだに、徐々にですが、ドラゴンがいようがいまいが、また店が開きはじめています」

「ええ、ようやくですわ。あとひと月もないのに、こんな調子でいったいどうやってこしらえを——ナーディルや」メイデン夫人がメイドの名を呼んだ。「ワインをとってもらえるかしら」会話の途中にきわめて微妙な間《ま》があいた。

小柄なメイドが入ってきて、食卓から楽に手の届く側卓に載ったワインのデカンタを取って手渡し、また出ていった。デカンタが回され、メイデンがローレンスのグラスにワインを注ぎながら、抑えた声で言った。「娘がもうすぐ結婚する予定になっておりまして」まるで詫びを入れているような奇妙な口ぶりだった。

居心地の悪い、なにかを待つような沈黙が降りた。ローレンスは、なぜ一同が沈黙するのだろうといぶかった。メイデン夫人が唇を噛みながら、皿に視線を落としている。サルカイがグラスを掲げて沈黙を破った。「あなたの健康と幸福に乾杯」サラがようやく視線をあげ、食卓の向かい側にいるサルカイを見つめた。一瞬ふたりの目が合った。が、サルカイのグラスがサラの視線をさえぎった。そのしぐさは不自然なほどに長くつづいた。

「わたしからもお祝いを」ローレンスは沈黙を埋める助けになろうと、サラに向かってグラスを掲げた。

「ありがとうございます」と、サラが返した。顔がやや上気しているものの、礼儀正しく会釈し、声に動揺は感じとれなかった。なおも場に沈黙がつづいたが、今度はサラが会話の口火を切った。心持ち肩をそびやかして姿勢を正し、テーブル越しにローレンスに毅然《きぜん》と話しかけた。「キャプテン、うかがってもよろしいでしょうか。あの若者たちは、どうなったのでしょう?」

ローレンスは、会話を切り出してくれたサラの勇気をありがたく思ったが、質問の意味がわからず困惑した。すると、サラが言い足した。「彼らはあなたのお仲間ではなかったのですか? ハレムをのぞいた若者たちのことです」

「ああ、はい、残念ながらそう認めなければなりませんね」ローレンスは、噂がここまで広まっているのかと恥ずかしく思い、このような話題に触れることで場の雰囲気をさらにまずくしないように願った。まさか若いオスマン女性からハレムの話題が出てこようとは思ってもみなかった。つまり、英国の上流階級の娘が、高級娼婦について質問するのと大差ないのではないだろうか。「彼らが逸脱《いつだつ》行為に対して罰を受けたことは確かです。もう二度と、あのような事件は起こさないでしょう」

「では、死刑にはならなかったのですね?」サラが言った。「ほっとしました。これでハレムの女性たちを安心させてあげられます。ハレムはこの話で持ちきりなのです。あの青年たちがひどい目に遭《あ》わないようにと、みんな心から願っていました」

「ハレムの女性たちは頻繁に街に出ているのですか?」ハレムは実質的には牢獄も同然で、外の世界と交わることはいっさい許されないのだとローレンスは想像していた。

「あ、いいえ、わたしは〝キラ〟なのです。ハレムのご婦人のひとりに雇われて、外の用事を代行する仕事をしています」と、サラが言った。「ハレムの女性たちも行楽に出ることはありますが、とてつもなく面倒です。人目に触れるわけにいきませんから、馬車に閉じこもり、大勢の護衛を連れていかなければなりません。また皇帝陛下のお許しも必要です。けれども、〝キラ〟なら仕事としてハレムに出入りし、女性たちに会えるのです」

「ならば、ハレムに侵入しようとした一件について、ハレムのご婦人方にわたしからの、そして、あの若者たちからの謝罪の言葉をお伝え願えないでしょうか」

「侵入に成功して長時間滞在なさったら、彼女たちの心も満たされたかもしれませんのにね」サラはおもしろがるように言った。ローレンスの顔にとまどいの色を見たのか、微笑とともに付け加える。「あら、不謹慎《ふきんしん》なことを言うつもりはありません。ただ、彼女たちはつれづれに暮らし、自由がほとんどないため、恐ろしいほど退屈しきっています。それに皇帝陛下は、目下のところ寵姫《ちょうき》たちより防衛改革のほうにご熱心なようですから」

食事が終わると、サラとメイデン夫人が暇《いとま》を告げて食卓から離れた。サラは振り返ることなく、背筋を伸ばし、胸を張って部屋を出ていった。サルカイが押し黙ったまま窓辺に近づき、屋敷の裏手に広がる庭園を眺めた。

メイデンが静かにため息をつき、ローレンスのグラスに濃い赤ワインを注ぎ足した。デザートのマジパンの菓子が大皿に載って運ばれてきた。「わたしに尋ねたいことがおありですね、キャプテン?」メイデンが言った。

アブラーム・メイデンは、死亡した英国大使、ミスタ・アーバスノットの依頼でサルカイに命令書を届けさせただけではなく、銀行家としても、さらには竜の卵の取引の交渉役としても、この一件に関わっていたことを明かした。「われわれがどれほど用心したかは、ご想像にかたくないでしょう。オスマン帝国に支払う金貨は、一度にまとめてではなく、日程を複雑にずらし、厳重なる護衛をつけた何隻かの船に分けて運ばれました。しかも、〝鉄塊〟という荷札をつけて。こうやって少しずつ銀行の金庫に運びこまれ、ようやく全額がそろったのです」

「支払金が運びこまれる以前に、すでにオスマン帝国とのあいだに正式な契約が成立していたと、あなたはそう認識なさっているのですね？」ローレンスは尋ねた。

メイデンは両の手のひらを上に向け、明言を避けた。「君主どうしの契約にどんな意味があるというのでしょう。交渉がもつれて紛糾《ふんきゅう》したとき、いったい誰が裁定を下しますか？　ただ言えるのは、アーバスノット大使のほうでは、契約はすべて確定したと見なされていたということです。そうでなければ、あれほどの大金をここまで運んでくるという、とんでもない危険を冒すはずがありません。万事《ばんじ》抜かりなく、順調に進んでいるように見えたのです」

「にもかかわらず、その大金が先方に渡らなかったというのは――」ローレンスは言った。

大使の秘書官ヤーマスが、英国大使ミスタ・アーバスノットの書状を携《たずさ》えてメイデンのもとにやって来たのは、大使が死亡し、ヤーマスが失踪《しっそう》する数日前のことだった。書状には、金貨を引き渡すよう手配してほしいという指示が記されていた。「わたしは、その書状の内容を一瞬たりとも疑いませんでした。大使の筆跡はよく知っていました。それに、大使はミスタ・ヤーマスに全幅《ぜんぷく》の信頼を寄せていたのです」メイデンが言う。「ミスタ・ヤーマスは優秀な青年でした。まもなく結婚する予定もありましたし、何事にも動じない人物でした。ああ、キャプテン、彼がこそこそ隠れて悪事を働いたなどとは、わたしには信じられません」だがメイデンの口調には、かすかな疑念が交じり、その言葉ほどには確信していないことが読みとれた。

だがローレンスはそれには触れず、さらに質問した。「あなたは、ヤーマスの求めに応じて、ヤーマスに金貨を渡したのですね?」

「大使の公邸まで運びました」メイデンが認めた。「そこから宮殿の財宝庫まで直接届けられると聞いていました。ですが、その翌日、大使が死亡したのです」

メイデンは署名の入った領収証を持っていた。だが署名は大使ではなくヤーマスのものだった。メイデンはいくぶん不快そうにローレンスに領収証を示し、しばらくそれを検分させてから、唐突に言った。「キャプテン、あなたは言葉に気をつけていらっしゃる。ですが、ここは腹を割って話をしましょう。わが身の潔白《けっぱく》を証明するものは、この領収証一枚きりです。金貨を公邸まで運んだのは、長年わたしのもとで働いてきた部下たちでした。そして金貨を受け取ったのは、ヤーマスひとり。このような状況で金貨がなくなったのですから、もっと少額ならば、世間の信用をなくすよりはと、わたしの懐《ふところ》から補塡《ほてん》していたことでしょう」

ローレンスはランプの明かりのもとで、領収証をこまかく調べた。心の片隅にメイデンへの疑念が湧いていたことは否《いな》めない。領収証を食卓に置き、窓辺まで歩いた。自分自身とこの世のすべてが腹立たしかった。「嘆かわしいことだ」低い声でつぶやいた。「誰もかれもを疑いのまなこで見はじめるとは。いや、どうか――」と、振り返って、メイデンを見た。「ミスタ・メイデン、どうかこの件で思い悩まれませんように。あなたは頭の切れるお方とお見受けしますが、英国大使を殺害し、お国の面目をつぶすような計略をめぐらす人物とは思えません。いずれにせよ、この件に関してわが英国の財を守る責任を負っていたのはあなたではなく、英国大使、ミスタ・アーバスノットだったのです。もし大使がヤーマスを信用しすぎて、人柄を見誤っていたのだとしたら――」ローレンスはしばし口をつぐみ、やりきれなさに首を振った。「ミスタ・メイデン、わたしの質問が不愉快でしたら、そうおっしゃってください。すぐに撤回します。あなたは、ハサン・ムスタファという宰相をご存じでしょうか。彼がこの件に関与しているとは考えられないでしょうか。彼自身が犯人であるか、あるいは——考えたくもないのですが、ヤーマスと結託していた可能性は？　少なくとも、ムスタファが嘘をついたことは確かです。彼は、契約は正式に結ばれていなかったと言いました」

「可能性？　それなら、どんな可能性だってあるでしょうよ、キャプテン。人がひとり死んで、もうひとりは失踪し、五十万ポンドもの金貨が消えた。そりゃあ、あらゆる可能性が考えられる」メイデンは疲労の色をにじませ、片手でひたいをぬぐった。少し気持ちが落ちついたのか、ローレンスの問いに答えて言った。「言葉が過ぎました。ですが、キャプテン、わたしには信じられません。ムスタファとその一族は、皇帝陛下《スルタン》の改革事業や、近衛歩兵軍団《イェニチェリ》の廃止を熱烈に支持しています。ムスタファのいとこは皇帝陛下の妹君と結婚し、彼の弟は、皇帝陛下がイェニチェリに代わって創設される新しい軍隊の指揮官として候補にあがっています。ムスタファが清廉潔白《せいれんけっぱく》とは申しません。政治の中枢《ちゅうすう》にいて、清廉潔白でいられるはずがありません。しかしだからといって、彼が自分の職務や宮廷を裏切るものでしょうか。人は裏切り者ではなくとも、体面を保つために少しばかり嘘をつくかもしれません。後悔の種になった協定から逃れる口実に喜んで飛びつく場合もある」

「後悔？　なぜ後悔しなければならないのですか？　ナポレオンはかつてなくオスマン帝国に脅威を与えています。ですからいまはいっそう、英国との同盟関係が大切なのではありませんか？」ローレンスは言った。「イギリス海峡におけるわが英国の軍事力強化が、おのずとオスマン帝国の国益にもつながるはずです。ナポレオンの軍事力をより多く西に投入させることになりますから」

メイデンが気まずそうな表情を浮かべた。ローレンスが率直な意見を求めると、それに応じて話しはじめた。「キャプテン、〈アウステルリッツの戦い〉以降、ナポレオンは負け知らずです。ナポレオン軍と敵対する道を選ぶのは国家として愚かしい選択だという意見が世の大勢を占めています。申し訳ありません」ローレンスの険しい目つきを見て、付け加えた。「ですが、そういうことが、街の通りやコーヒーハウスでささやかれているのですよ。おそらく学識者や宰相たちも、同じ意見でしょう。いまやオーストリア皇帝は、ナポレオンのお情けで帝位に就いているようなもの。世間はそれをよく知っています。ナポレオンとは、いっさい争わないほうがよいのです」

メイデンの屋敷から去るとき、サルカイがメイデンに深々と一礼した。「イスタンブールには長く滞在するのか?」メイデンが尋ねた。

「いいえ。二度と戻るつもりはありません」サルカイが答えた。

メイデンはうなずき、「神のご加護があるように」とおだやかに言い、立ち去るローレンスとサルカイを見送った。

ローレンスは身も心も疲れきっていた。サルカイも殻に閉じこもったように押し黙っていた。金角湾の岸辺で、来たときとは別の渡し守がやってくるのをしばらく待った。夏の気配は残っていたが、ボスポラス海峡から吹く風のおかげで、あたりは涼やかだった。海風の冷たさに頭がすっきりしたローレンスは、サルカイをじっと見つめた。その表情は先刻からぴくりとも動かなかった。なにか強い感情を隠していたとしても、おもてには出ていなかった。口もとがかすかにこわばっているかもしれないが、それもランタンの明かりのもとでははっきりしない。

ようやく渡し守が船着き場に舟を漕ぎ寄せた。ふたりは無言のまま湾を渡った。聞こえるのは舟のきしみ、オールが水をくぐる音。オールの音は乱れがちで、そこに舟べりを洗う波音と渡し守の苦しげな息遣いが重なった。遠くの岸辺のあちこちに建つモスクのステンドグラスが、内部の蠟燭の明かりに浮かびあがっている。なめらかな曲線を描くドーム形の屋根が闇に浮かぶ群島のようだ。その群島を見おろすように、この街最大のモスク、アヤソフィアが堂々たる姿を見せていた。渡し守が舟からおり、客を下船させるために舟を支えた。ローレンスとサルカイは岸の斜面をのぼり、小さなモスクの放つぼんやりとした光のなかに出た。周囲をせわしなく飛び交うカモメがしわがれた声で鳴き、モスクの黄色い明かりが鳥の白い腹を照らしている。

商売の時間はとっくに終わり、市場やコーヒーハウスは閉まっているが、漁師が漁に出るにはまだ早い時刻だ。がらんとした通りを抜けて、宮殿の外壁へと急いだ。深夜のせいか、疲労のせいか、考え事に気をとられていたせいなのか、ローレンスにもサルカイにも隙《すき》ができていた。いや、たんに運が悪かっただけなのか……。衛兵たちをやり過ごしてから、サルカイが宮殿の外壁のてっぺんに鉤付きの綱を放った。ローレンスが先にのぼり、壁の上でサルカイに手を貸そうと待ち受け、サルカイが壁の途中までのぼったところで、突然、新たな衛兵がふたり、ひそひそ話をしながら街の通りの角を曲がってあらわれた。このままではサルカイが見つかってしまう。

サルカイがとっさに綱から手を離して地面に飛びおり、立ちあがったその瞬間、衛兵たちが叫びとともに突進してきた。衛兵たちの手はすでに剣のつかにかかっていた。ひとりの衛兵がサルカイの腕をつかんだ。ローレンスは壁の上からもうひとりの衛兵目がけて飛びかかった。衛兵を地面に押し倒し、襟首《えりくび》をつかむと、念のためにもう一度後頭部を地面に打ちつけ気絶させた。サルカイが衛兵の腕から血に濡れた短刀を引き抜いた。力のゆるんだ衛兵の手が彼の腕を放した。サルカイはローレンスを助け起こし、そこからは一目散《いちもくさん》に通りを駆け抜けた。背後からけたたましい叫びがあがった。

その声を聞きつけて、先に通り過ぎた衛兵たちが駆け戻ってきた。複雑に入り組む通りや路地からも、衛兵たちが集まってくる。建ち並ぶ家々の上階で、いったい何事かと窓が開かれる。目覚めた住民たちが付ける明かりが格子窓《こうしまど》から通りにこぼれ、光が走り抜けるふたりを追いかけた。でこぼこした敷石に足を取られそうになった。ローレンスは通りの角でさっと身をかわし、脇道から飛び出してきたふたりの衛兵の剣の切っ先をすんでのところでかわした。

追っ手はしつこかった。ローレンスは丘の斜面を駆けあがるサルカイを無我夢中で追った。肺が肋骨に絞めあげられるように息苦しい。サルカイにはなにか目当てのものがあるのだろうか。あると信じたいが、それを立ち止まってサルカイに確認している暇はない。ようやくサルカイが倒壊した古い家の前で立ち止まり、ローレンスを振り返って、入るようにと合図した。建物のいちばん下の階だけが野ざらしのまま残っており、地下室につづいていると思われる、朽《く》ちた跳ねあげ戸があった。だが、衛兵たちがすぐそこまで来ている。入るところを見つかれば、一巻《いっかん》の終わりだ。ローレンスは出口もない狭苦しい地下室で捕まるのを恐れて、入るのをしぶった。

「さあ！」サルカイがもどかしげに言い、跳ねあげ戸をばたんと開き、先に立って下へとおりはじめた。下へ、下へ、ローレンスもあとにつづいて腐りかけた階段をおりた。そこは湿気の強い、地面が剝き出しになった地下室だった。その奥の離れたところにまた出入口があった。出入口というより、ただの穴と言ったほうがいい。ローレンスは体をふたつ折りにして、その狭い穴をくぐった。そこからは木製ではなく切り石を組んだ階段が下に向かっていた。年月をへて石の角が丸くなり、足もとはぬるぬるしている。深い闇の底からぴちゃんぴちゃんと水の滴る音が聞こえてきた。

その階段をどこまでもおりた。ローレンスは無意識のうちに片手を剣のつかにかけ、もう片方の手を壁に這わせていた。が、突然、伸ばした指の先から壁が消え、一歩前に踏み出したとたん、足首まで水に浸かった。「ここはどこだ？」ローレンスのささやきががらんとした空間に響き、暗闇に吸いこまれた。大またで一歩進むごとに、水がブーツの履き口を濡らした。

たいまつの明かりが背後に見えはじめ、衛兵たちが地下まで追ってきたことがわかった。その明かりで周囲のようすが少しだけ見えた。そう遠くない距離に灰色の円柱があり、すり減った石の表面が濡れて輝いている。太い円柱だ。ローレンスが両手でもかかえこめないほど太い。天井は高すぎて見えない。膝《ひざ》のあたりに動きの鈍い灰色の魚が何匹か、餌《えさ》を求めてぶつかってきた。餌を求める口が水面でぱふぱふと音をたてる。ローレンスはサルカイの腕をつかんで、支柱を指差した。床に厚く堆積した泥と水の重みに抗って進み、柱の陰に身を隠した。たいまつの揺らめく明かりが、じりじりとおりてきて、ぼんやりとした赤っぽい光の輪が大きくなった。

周囲のあらゆる方向に、なんとも不恰好《ぶかっこう》で奇妙な円柱がつづいていた。形のふぞろいな別々の支柱を継ぎ足してつくった柱もあった。子どもの積み木遊びのように石柱どうしをつないでいるのは、柱の上にのしかかる街の重みだけなのだろう。天空を背負うアトラス神のようにその重荷に耐えているのは、崩れかけた支柱やその残骸というより、長く埋もれて忘れ去られた、この大聖堂とおぼしき空間そのもののように思われた。

冷えきってがらんとした広大な空間であるにもかかわらず、あたりの空気には奇妙な密度が感じられた。両肩にも街の重みがのしかかってくるような気がした。ローレンスは、いずれは起きる崩落《ほうらく》のすさまじさを思い描かずにはいられなかった。ここよりはるか高みにあるアーチ形天井の煉瓦がひとつ、またひとつと剝がれ落ち、とうとうある日、天井がその形を保ちきれなくなって崩壊《ほうかい》し、街の家々も、通りも、宮殿も、モスクも、その光り輝くドームも、あらゆるものが奈落《ならく》に呑《の》みこまれ、この街に暮らす一万人もの人々とともに、下で待ち受けるこの地下納骨堂に埋もれてしまうのではないか……。

ローレンスは妄想を振り払うように身を引き締め、無言のままサルカイの腕を軽く叩いて合図し、つぎの支柱を目指した。衛兵たちが水に足を踏み入れ、動きを悟られないようにごく小さな足音しかたてずに近づいてくる。支柱の陰に隠れながら懸命に足を進めると、水底にたまった汚泥《おでい》が黒い渦となって巻きあがり、靴底に当たる泥が小さな音をたてた。肉片が落ちきった骨が、水中から薄ぼんやりと青白い光を放っていた。骨は魚のものばかりではなかった。髑髏《しゃれこうべ》の丸みを帯びた顎の骨が、まだ数本の歯をくっつけたまま泥の上に転がっていた。藻《も》が点々と付着した脚の骨が、波に打ち寄せられたかのように円柱の台座にもたれかかっていた。

こんな場所で死ぬのか、という恐怖に襲われた。いずれは死ぬのだという諦念《ていねん》とはまったく異なる強烈な感情だった。暗闇に倒れ、腐り、名もなき無数の骨のひとつになるのだという、おぞましい予感。ローレンスは口を大きくあけて呼吸していた。声を洩らさないように、かびの臭いや腐臭を嗅がなくてすむように意図したからではなく、恐怖がそうさせていた。あまりの圧迫感につんのめるような前かがみになった。足を止めて振り返ったとき、衛兵たちと戦ってきれいな空気のある地上に戻りたいという、理性に欠けた衝動がこみあげた。それを必死で抑えつけ、マントの裾を口にあてがって、じりっじりっと進みつづけた。

衛兵たちの追跡に統制が生まれつつあった。いつのまにか地下室の端から端まで横一列に並んでいる。それぞれの掲げるたいまつは弱々しい小さな光の輪にすぎないが、その光の輪の端と端が重なって、獲物が突破できない鉄柵も同然になっている。衛兵たちはゆっくりと、だが確実に進んでいた。低い声でなにかを唱え、地下空間の端に居残っている闇を、反響する声とたいまつの光で追い出していく。ローレンスは、はるか前方の壁に一瞬、光が反射するのを見たような気がした。いよいよこの息苦しい地下空間のどん詰まりに近づいているのか。だとしたら、引き返して衛兵の列を突破し、追っ手を振り切るしか助かる方法はない。水のなかを苦労して進んできた脚は、くたびれ果て、冷えきっているというのに。

柱から柱へと前進をつづけながら、サルカイが支柱に触れつづけているのにローレンスは気づいた。柱の側面に手を滑らせ、目を細めてその表面を見つめている。そしてついに、サルカイが一本の石柱のそばで立ち止まった。ローレンスも手を伸ばし、その柱に触れた。表面にびっしりと模様が彫りこまれていた。雨だれのような形を無数に連ねた模様で、浮き彫りの部分に汚泥がこびりついている。その石柱だけが、ほかの不恰好な柱とはまったくちがう。衛兵の隊列がいっそう近づいていたが、サルカイはブーツの爪先《つまさき》でそこの土を突つきはじめた。ローレンスも剣を抜いて、心のなかで剣の贈り主であるテメレアにこんな用途で刃をだめにすることを詫びながら、汚泥の底の硬い石を探りはじめた。するといきなり剣先が、石の床に刻まれた狭い溝《みぞ》のようなものに滑りこんだ。溝は足幅よりも狭く、みっしりと泥が詰まっている。サルカイがその溝の周辺を靴の爪先で探り、うなずいた。ローレンスはサルカイのあとにつづき、その溝に沿って進んだ。溝はどこまでもつづいていた。膝まで水に浸かっていたが、精いっぱい足を速め、やがて駆けだした。水を跳ね散らす音が、衛兵たちの声に掻き消された。なんの感情もこもらない数字のかけ声だ。「一《ビル》――二《イキ》――三《ユチ》――四《ドルトゥ》」。何度も繰り返されるうちに、ローレンスはオスマン語の数の数え方を覚えてしまった。行く手にふたたび壁が迫っていた。厚く平らな漆喰壁に緑や茶の染みが浮かびあがっている。しかし、その汚れのほかは無傷のようだ。たどってきた溝は、はじまったときと同じように、唐突に終わっていた。

だがサルカイが、その壁の手前で方向を変えた。壁の脇に小さな空間が開けていた。丸天井を支えるように二本の太い石柱があった。その石柱に目をやったとき、ローレンスは跳びあがりそうになった。怪物の顔が半ば水に浸かって、石柱の台座からこちらを見あげていた。石に刻まれた、身の毛もよだつような、どんよりとした赤いひとつ目だった。背後で叫びがあがった。衛兵たちに発見されたようだ。
足を速めた。不気味な石の怪物の横を通り過ぎるとき、ローレンスは頬にかすかな空気の流れを感じた。風が通り抜ける場所が近くにある。サルカイと壁を手探りし、闇のなかに狭い開口部を見つけた。壁の出っ張りで、衛兵たちのたいまつの明かりは届かない。そこには汚物に半ば埋もれた階段があり、湿気と悪臭に満ちた空気が流れていた。ローレンスは意を決して悪臭を深く吸いこみ、サルカイのあとにつづいて狭苦しい階段を一気に駆けあがった。錆《さ》びついた鉄格子を押しのけ、ようやく古い下水溝から脱出し、這いつくばって地上に出た。

サルカイが体をふたつ折りにして喘いでいた。ローレンスは悪戦苦闘の末に鉄格子を元に戻した。手近にあった低木から枝を折り、なくなっていた掛け金の代わりに鉄格子に差して、内側から持ちあげられないように固定した。サルカイの腕を取って通りを逃げた。よろよろと酔っぱらいのような足どりになった。ふたりのブーツやマントの下を間近で見られないかぎり、人とすれちがっても怪しまれることもないだろう。追っ手が鉄格子をガンガンと叩く音もすでに遠くなりつつあった。幸い、最初の衛兵ふたりに顔を見られていなかった。あの暗闇の逃走の合間《あいま》にも、正体を見破られたとは考えにくかった。

ようやく宮殿の外壁がやや低くなっている場所を見つけた。今度は、衛兵に見つからないように細心の注意を払った。先にローレンスがサルカイを押しあげ、つぎにサルカイに引きあげられ、どうにか壁をよじのぼって乗り越えた。ふたりは壁から少し離れた宮殿の敷地になりふりかまわず、大いなる安堵とともに倒れこんだ。そばに草木に埋もれて、古い鉄製の噴水式の水飲み場があった。流れている水はごくわずかだったが、冷たくて心地よい。両手で何杯もすくって、服が濡れるのもかまわず、つぎからつぎへと口や顔に運んだ。おかげで染みついた悪臭が少しは洗い流された。最初は完璧な夜の静寂に包まれているような気がした。しかし激しい鼓動や息遣いがおさまってくると、庭園のそこかしこから小さな物音が聞こえるようになった。さまざまな生き物や葉ずれの音。内壁の向こうから、宮殿で飼われている鳥たちのさえずりも、かすかに聞こえてくる。サルカイが短刀を研ぎはじめたので、砥石と刃をこすり合わせる音も断続的に聞こえた。誰かの注意を引かないように、充分に間をあけながら研いでいるのだ。

「話がある」ローレンスは低い声で言った。「わたしたちのあいだの問題についてだ」

サルカイが手を止めると、月明かりのなかで短剣の刃先が震えた。「よろしいですよ」ゆっくりと作業を再開しながら言う。「なんなりとおっしゃってください」

「きみが戻ってきた昼間は、心に余裕がなかった」ローレンスは言った。「そのために、ふつうなら自分のために働いてくれている者にはしない口のきき方をした。どうやって謝ればいいのか、いまだに答えが見つからない」

「もう、お気になさいませんように」サルカイがうつむいたまま冷ややかに言った。「すべて水に流しましょう。そのことで恨《うら》んだりなどいたしません」

「きみのふるまいについて、どう受けとめればよいのか、ずっと考えてきた」ローレンスは、話を終わらせようとするサルカイの言葉には取り合わず、つづけて言った。「きみ自身のこともよくわからない。きみは今夜、わたしの命を救っただけではなく、わたしたちの任務を進展させるような貢献をしてくれた。マカオを出てからこれまで、きみの行動がもたらした最終的な結果だけを考えれば、文句をつける余地はない。文句どころか、きみはしばしば身を挺《てい》して、ひるむことなく、わたしたちを助け、つぎつぎに降りかかる災難を乗り越えさせてくれた。だがいままでに二度、さまざまな問題が山積する状況で、意味もなくこっそりと持ち場を離れ、結果的にわたしたちを途方に暮れさせ、心配させた」

「おそらくは、わたしがいなくなることで、あなたがたをそこまでうろたえさせるとは考えつきもしなかったのでしょう」またも冷ややかに返すサルカイに、ローレンスは新たな挑戦を見てとり、思わず感情が高ぶった。

「自分を阿呆《あほう》のように見せかけるのはやめてくれないか。この世で最悪の鉄面皮《てつめんぴ》の裏切り者で、行動の首尾一貫《しゅびいっかん》しない人物だと言われるほうが、まだ信じられる」

「ありがとうございます。身に余るお褒《ほ》めのお言葉です」サルカイが短剣を手にしたまま、皮肉っぽく敬礼してみせた。「ですが、わたしを長く雇うつもりもないのに、こんなことを議論してみても、ほとんど意味がないように思われます」

「きみを雇っておくのがあと一分だろうが一か月だろうが、この件には決着をつけておきたい。きみには感謝している。もし出ていくのなら、感謝の言葉できみを見送ろう。だがとどまる気があるなら、今後はわたしの命令に従い、勝手にいなくならないことを約束してもらう。疑っている相手を仲間にするわけにはいかない。サルカイ——」ローレンスは、唐突な確信とともに言った。「きみは人から疑われている状態を好んでいるのだな」

サルカイが短刀と砥石を置いた。笑みも、からかうような態度も消えていた。「むしろ、自分が疑われているかどうかを知りたがる。それなら、当たらずと言えども遠からずでしょう」

「きみが確実にわたしたちから疑われるよう、手を尽くしたのは確かだな」

「ひねくれたやつだとお思いでしょうね」サルカイは言った。「ですが、わたしの顔だちや出自が、紳士どうしとして自然な関係を結ぶのを阻《はば》んでいるのだということを、ずいぶん昔に思い知らされました。こちらになんの落ち度がなくてもですよ。どうせ信用されないのなら、むしろ率直に表現されたほうが、あからさまな疑念をこちらから誘い出すほうがましなのです。うすうす勘づくようなかたちで侮辱されたり陰口《かげぐち》を叩かれたりすることにおとなしく耐えるよりは」

「わたしだって世間の陰口に耐えてきた。うちの士官たちも同様だ。だがわたしたちは、こそこそ人を嘲笑したがる狭量《きょうりょう》な連中に仕えているのではない。わが祖国に仕えている。つまらない中傷に粗暴に抗議するよりも、祖国に奉仕することによってこそ、わたしたちの名誉は守られる」

サルカイが荒々しく言葉を放った。「もしたったひとりで耐えるしかなかったら、同じようにおっしゃるでしょうか？　もし世間だけでなく、あなたが精神的な絆を求めるような人たち、たとえばあなたの上官や戦友までもが、世間と同じ蔑みの目であなたを見下したとしたら――。独立や昇進の望みをすべて断たれ、わずかな見返りとして上級の召使いの地位、従者と躾《しつけ》けられた犬の中間のような地位を与えられたとしても、あなたはそのようにおっしゃるでしょうか？」

サルカイはそれきり押し黙ったが、何事にも無関心そうないつもの態度が、いまは中途半端にかぶせられた仮面のように見えた。顔色もわずかに赤らんでいる。

「その非難は、わたしに向けられたものと受けとめるべきなのか？」ローレンスは憤《いきどお》りと不安に駆られながら問いかけた。だが、サルカイはかぶりを振った。

「いいえ。言葉が過ぎたことをお許しください。ただ、この傷の痛みは、歳月がたってもいっこうに軽くならないのです」持ち前の冷笑するような気配をかすかに漂わせ、付け加える。「もしあなたがわたしを侮辱的に扱ったとしても、それはわたしが誘い出したものだということを否定しません。わたしには先回りして考える癖《くせ》がついている。周囲の人間には不条理なことかもしれませんが、少なくともわたしにとっては、そのほうが愉快なのです」

それだけ聞けば充分だった。ローレンスには、憶測をめぐらさずとも、これまで世間がサルカイをどう扱ってきたか、それがサルカイの生き方をどう変えていったかを想像できた。誰の世話にもならず、誰の世話もせず、母国や他人との親密な交わりを持たず、孤独に生きることを彼は選んだ。ローレンスにはそれが不毛であるように思われた。それは、これまでに証明されたサルカイの能力を無駄にする生き方だ。その能力はもっとよい処遇に値するものなのだ。

ローレンスはサルカイに向かって片手を差し出し、心をこめて言った。「もしわたしを信じることができるなら、約束してほしい。そしてわたしにも約束させてくれ。わたしは、自分に忠誠を尽くしてくれる相手には、それ以上の忠誠を尽くす。もし、そのような関係が結べるのなら、わたしはきみを失うことを、これまで以上に残念に思う」

サルカイがローレンスを見つめ返した。とまどうような奇妙な表情が一瞬よぎった。それから、彼は軽い調子で言った。「まあ、わたしは己《おの》れの流儀にこだわる人間ではありますが……キャプテン、あなたがわたしと約束を結ぼうとおっしゃっているのに、拒んだりすれば、けちな人間だと思われてしまいますね」いとも気安い態度で、サルカイは片手を伸ばした。だがローレンスの手を握り返す力強さは、彼の偽《いつわ》らざる本心を明かしていた。

「うえっ、うえぇ」テメレアが、ローレンスとサルカイを宿舎の庭園に運びこんだところで、うめき声をあげて、前足のかぎ爪に残ったねばねばの汚れをうんざりと見つめた。「でも、ちゃんと戻ってきてくれたから、あなたが臭くったって平気だよ。晩餐が長引いてるだけだから、探しにいっちゃいけないって、グランビーが言ったんだ。でも、ずいぶん長くかかったんだね」さらに憂い顔になって付け加えてから、前足を睡蓮《すいれん》の池に突っこんで、汚れを洗い落とした。

「戻ってくる段取りが悪くて、抜け穴探しにちょっと手間取ったが、ごらんのとおり万事問題なくすんだ。不安な気持ちにさせてしまって、ほんとうにすまない」ローレンスはそう言うと、恥も外聞もなく服を脱ぎ捨て、みずから池に入った。サルカイもすでに池に身を沈めている。「ダイアー、服とブーツを持っていって、ローランドといっしょになんとかましな状態にできないかやってみてくれないか。それから、あのやたらと匂う石鹸《せっけん》を持ってきてくれ」

「その話だけでは、ヤーマスが犯人かどうかは、判断がつきませんね」シャツ一枚に半ズボンという姿でローレンスが晩餐のようすを伝えると、グランビーは言った。

「だいたい、ヤーマスひとりで、そんなに大量の金貨をどこかに運べるものでしょうか。船を雇う必要があったはずですよ。まさか、ラクダの隊商を雇って運ばせるほど阿呆じゃないでしょう」

「それでは、誰かに気づかれたはずですからね」サルカイが静かに同意した。「メイデンの説明によれば、金貨をおさめるために何百個もの箱を用意したとか。隊商宿や船着き場からは、そのような大きな荷が動いたという情報はいっさい得られませんでした。きのうの朝、聞きこみをしてきたのです。それだけの荷なら、輸送手段を見つけるのにかなり苦労したはずです。港の要塞《ようさい》化計画のために、家畜の半数が挑発《ちょうはつ》されていますし、残る半数はドラゴンを避けて、街に近づかないようにしていますから」

「ドラゴンを雇ったという可能性は?」ローレンスは尋ねた。「旅の途中でドラゴンに乗った貿易商を見かけたが、ここまではるばるやってくることはないだろうか」

「パミール高原よりこっちでは見たことがありません」サルカイが言った。「西洋ではドラゴンを街に入れませんから、来たところで利益をあげることはできないでしょう。それにドラゴンは野蛮なけだものとしか思われていません。捕まって繁殖場に放りこまれるのが関の山です」

「ドラゴンを使った可能性は薄いですね。とにかく貴金属には目がないですから」グランビーが言う。「ドラゴンに金貨やら宝石やらをどっさり渡して、何日か運ばせ、それから全部返してくれと頼むようなことができるとはとても思えません」

ローレンスたちは庭園にとどまったまま、ひそひそと協議していた。そこへテメレアが、物ほしげなようすをにじませて口をはさんだ。「ずいぶんとたくさんの金貨のようだね」グランビーの見解には、少しも異を唱えない。「もしかして、この街のどこかに隠したんじゃないかな」

「隠すにしても、自分で運搬するしかないだろう。それに、それほど大量の金貨を隠しておくだけで満足できるだろうか。もし犯人がヤーマスなら、金を使うためにイスタンブールの街に出てくることはできない」ローレンスは言った。「そもそも、金貨を持ち去る手段もないのに、盗むことなど考えないはずだ」

「でもあなたたち三人とも、金貨が持ち去られたはずがないっていう結論だったじゃない。だったら、金貨はまだこの街にあるってことだよ」テメレアがもっともなことを言った。

三人は黙りこんだ。ローレンスはとうとう言った。「とすると、やはり宰相たちがこの一件にからんでいるということだろうか。積極的に関わっていないかもしれないが、犯行を黙認しているという可能性はある。しかし、そのような侮辱を受ければ、英国は応酬せざるをえない。たとえオスマン帝国が英国との同盟を帳消しにしたがっていたとしても、わざわざ戦争を引き起こすようなことをするとは思えない。戦争になれば、竜の卵の代金よりも莫大な戦費がかかるし、金貨ばかりか兵士の命まで失うことになる」

「やつらは、すべてヤーマスがしでかしたことだと、ぼくらに思いこませようとしてきました。そう結論させて、国に帰らせたいんです」グランビーが指摘した。「竜の卵の一件が英国との戦争の火種にならないように」

そのとき、サルカイがいきなり立ちあがって、服の土ぼこりを払い落とした。庭には椅子がなかったので、三人はオスマン式に敷物を持ち出し、その上にすわっていた。ローレンスは後ろを振り返り、グランビーとともに急いで立ちあがった。庭の木立のはずれ、イトスギの木に隠れるようにひとりの女性が立っていた。以前、宮殿の敷地内で見かけた女性だろうか。だが全身をヴェールで覆っているので、外見からはどこの誰ともわからなかった。

「あなたがこんなところにいてはいけません」黒いヴェールの女性が急ぎ足で三人に近づいてくると、サルカイが声を潜めて言った。「付き添いのメイドはどこにいるんです?」

「階段のところに待たせてあります。誰かが通りかかったら、咳をして合図をしてくれることになっています」女性は落ちついて返し、黒い瞳でサルカイをひたと見つめたまま視線をそらさなかった。

「ごきげんよう、ミス・メイデン」ローレンスは、ただならぬ雰囲気を察して、ぎこちなく挨拶した。どうすればいいのかわからなかった。もしこのふたりが恋仲だとして、密会や、もっと悪ければ駆け落ちなどの手助けを頼まれたとしたら、どうやって断ればいいのだろう。それぞれの立場には大いに同情するが、道義上の問題として、容認するわけにはいかない。しかもサルカイは、彼女の父親に恩義のある立場だ。

ローレンスは対応に困って、堅苦しくつづけた。「テメレア、ならびに副キャプテンのグランビーをご紹介します」

グランビーがはっとして、洗練からはほど遠いものの、右足を後ろに引く正式なお辞儀をした。「お目にかかれて光栄です、ミス・メイデン」明らかにその名前を聞いて驚いており、困惑のまなざしをローレンスに向けた。テメレアも挨拶したが、グランビーとはちがって好奇心を丸出しにして、ミス・メイデンをじろじろと検分する。

「どうか何度も言わせないでください」サルカイが低い声で言った。

「そんなことをおっしゃっている場合ではありませんよ」ミス・メイデンが、マントの大きなポケットに入れた手を抜きながら言った。ローレンスはその手がサルカイに差し出されると思ったが、意外にも、ミス・メイデンは一同に向かって手を差し出した。「財宝庫に、少しのあいだ忍びこむことができました。大半は溶かされてしまったのではないかと思いますが……」ミス・メイデンの手のひらの上に、英国国王の肖像を刻印した、まぎれもない一ポンド金貨がひとつ載っていた。


「東洋の暴君をたやすく信用しないでください」グランビーが悲観的な口調で言った。「盗人《ぬすっと》のうえに、人殺しだったとしても驚きませんよ。たぶん、あなたの首を刎《は》ねさせるつもりです」

テメレアは、グランビーよりも明るい見方をしていた。ローレンスに同行することを許されたので、自分がついているかぎりはローレンスの身に危険が迫ることはまずないと見ている。「皇帝《スルタン》に会うのが楽しみだな。珍しい宝石をつけているんじゃないかと思うんだ。それに皇帝に会ったら、いよいよ英国に戻れるかもしれない。でも、アルカディたちといっしょに皇帝に会えないのは残念だなあ」

その最後のひと言にはまったく共感を覚えなかったものの、ローレンス自身も皇帝への謁見がよい結果につながるのではないかと期待した。ムスタファは、ミス・メイデンが見つけてきた金貨を険しい顔つきで眺め、それが財宝庫から見つかったものだとローレンスが言い渡しても、驚きの表情を装おうとさえしなかった。

「いいえ、宰相殿。誰が見つけたかは明かせません。ですが、この金貨の出どころを疑われるのなら、いますぐいっしょに財宝庫に行きましょう。そこでさらなる金貨が見つかるにちがいありません」

ムスタファは、ローレンスの申し出を拒み、罪を認めることも釈明することもなく、唐突に「大宰相と相談せねばなりません」と言い出し、姿を消した。そして、その晩に通達が来た。ついに皇帝に謁見することが許されたのだ。

「皇帝に恥をかかせるつもりはない」ローレンスは、テメレアとグランビーに言った。「もちろん、哀れなヤーマスやアーバスノット大使の恨みは晴らしたい。だが、どう対処するかについては、わたしたちが英国に卵を持ち帰ってから、政府が決めてもけっして遅くない。それに、こんな重大な要件でわたしが勝手に行動を起こしたら、政府がなにを言い出すかは想像がつく」卵の引き渡しを要求したことにさえ、大いに文句をつけられるのではないかと危ぶんでいるくらいだ。「ともかく、今回の一件が、実は宰相たちの計略で、皇帝自身はあずかり知らぬところだったとわかればいいのだが」

公式の謁見場までローレンスとテメレアを案内するために、ふたたびカジリク種のドラゴン、ベザイドとシェヘラザードが戻ってきた。とはいえ、三頭のドラゴンはたいして飛ぶこともなく、ただ宮殿の内壁を越えて、宮殿の正門前に広がる〝第一の庭〟と呼ばれる芝生の広場に着地した。すでに宮殿のなかで四日を過ごしたというのに、こんなふうに形式張ってもう一度宮殿に入り直すのは妙な感じだった。それでもローレンスとテメレアは、ベザイドとシェヘラザードに前後をはさまれ、大きく開け放たれた青銅の門をくぐり、粛然《しゅくぜん》と前進した。こうして宮殿の中庭に入ると、目の前に豪華な装飾がほどこされた、〝幸福の門〟と呼ばれる入口と柱廊があらわれた。宰相たちが整然と並んで、一行を出迎えた。彼らの真っ白なターバンが陽光に照り映えている。宰相たちのかなり背後に石壁があり、壁沿いに騎兵隊が並んでいた。馬がドラゴンに怯《おび》えて軽くいななき、テメレアたちが通り過ぎるときには脚を跳ねあげておののいた。

皇帝の黄金の玉座は、たっぷりと幅があり、緑の宝石がちりばめられて燦然《さんぜん》と輝いていた。玉座の下には、豊かな色彩で花々などの複雑な模様を織りこんだ絨毯が敷かれていた。皇帝の身につけているものも、玉座に引けを取らず豪奢《ごうしゃ》だった。青と黄色の長衣の上に、オレンジと黄色のサテンに黒の縁取《ふちど》りをした上衣。飾り帯から、びっしりとダイヤモンドを嵌めこんだ短剣のつかがのぞいていた。ターバン飾りは、巨大な四角いエメラルドで、ダイヤモンドが周囲を飾り、ターバンのてっぺんから、長い羽根飾りが扇のように広がっていた。広大な中庭は、大勢の人間がいるにもかかわらず、水を打ったように静まり、役人たちの一団からも話し声はおろか、ささやきひとつ聞こえなかった。身を動かすものすらいない。

これほど厳《おごそ》かな沈黙のなかでは、皇帝を訪ねてきた者たちはみずからそれを破ることに恐れをなすだろう。みごとな演出だった。だがローレンスが前に進み出たとき、背後でテメレアがシュッとうなりをあげた。中庭に響き渡ったその威嚇の音は、剣を鞘《さや》から抜くに等しい危険なものだった。ローレンスは肝《きも》を冷やし、振り返ってテメレアをたしなめようとした。が、テメレアの視線は左前方に据えられたまま動かなかった。視線の先を追うと、高くそびえる〝国政会議の塔〟が落とす影のなかに、光り輝く純白のドラゴンがいた。リエンが、血のように赤い眼で、ローレンスとテメレアを見つめていた。

（下巻につづく）

本書は
二〇〇九年十二月　ヴィレッジブックスから刊行された「テメレア戦記3　黒雲の彼方へ」を改訳し、二分冊にした上巻です。

テメレア戦記3
黒雲の彼方へ　上

2022年4月19日　第1刷

作者　ナオミ・ノヴィク
訳者　那波かおり


発行者　松岡佑子
発行所　株式会社静山社
〒102-0073 東京都千代田区九段北1-15-15
電話・営業 03-5210-7221
https://www.sayzansha.com

ブックデザイン　藤田知子
組版　アジュール
印刷・製本　中央精版印刷株式会社


ISBN978-4-86389-644-4